有种生活风格，叫小镇

何培钧 著

译林出版社

一位年轻医生
与一位有梦青年
一座年逾一世纪的古老庄园
一段跨世纪的忘年之遇
将梦想
漆成墙　化为景……

勾勒在蓝图上的线条不安于室
蹿向窗棂　攀上横梁
跳跃着　舞动着
散发着它的生命力

我们站在天空的院子里
被他们的梦想　包围
于是
梦想成形

静待世纪的蛰伏　遗世独立
深埋心中的梦想　未曾放弃
一场忘年之遇　一番妆容整衣
拭去坚持的汗滴　凝视希望的朝阳
在前方　升起

目　录

我有一个梦

从民宿到社区

我的小镇事业

小镇文创 2.0

乡创与美好商业时代

陈　瑶 / “杉树计划”、“i20青年发展平台”发起人

2015 年在台湾我第一次见到传说中的何培钧，他是台湾大名鼎鼎的社会创业家，创造了台湾最美民宿“天空的院子”，然后又带动没落小镇竹山社区的青年与经济发展，成为很多人心目中的榜样。

培钧不是一夜成名的，这本书点点滴滴记录着他一路上密布交织的脚印，一个一个实实在在地，从偏僻的竹山镇通向那些繁华的都市。他总是在微笑，还常常开怀大笑，为人非常周到认真，对自己的事业，那份担当与热情能瞬间感动在场的每一个人。我告诉他，i20 青年发展平台凝聚了几千位有志于“让故乡年轻”的乡村创客，非常需要他的宝贵经验和创造价值的精神，想邀请他多多来大陆跟我们在农村努力的年轻创客交流分享，我还记得他当时惊

讶的表情，他问我：“几千人？真的吗？”然后那天我是听到他说“好的！瑶书记！”才安心地离开南投竹山镇的。

于是，培钧的2016年就更加忙碌了，他几乎每个月都来大陆，积极穿梭在海峡两岸的年轻人中间，他深入到上海、北京、福建、四川、浙江、广东、湖南等地的乡村，在各种乡村创业的论坛活动中分享他的经历与思考，每次见到他总是一身简单的白T恤牛仔裤，诚恳平实的言辞传递出那份对创造小镇本地美好价值的热忱，感染了无数正走在乡村创业路上的年轻人，许多乡村创客都和他相见恨晚。他经常说，“事情不是没有机会，是需要我们努力到事情有机会为止”。是的，大多数回到故乡发展的年轻人都怀抱着本地美好生活的愿望，因为热爱故乡而迸发出的创造力正是这个社会的财富，非常非常宝贵。创客们正在不懈地学习努力，把愿望转化成创造本地美好商业价值的实践，期盼在这条乡创的路上，能创造属于各自人生独有的一份经历。

i20青年发展平台是2014年11月28日在北京的奥运水立方，

我与中欧校友赵晓钧，社会企业研究中心主任朱小斌，SMART 智慧平台王旭共同发起成立的，致力于搭建支持乡村创客能力建设的资源共享平台。这两年“i20 让故乡年轻”的美好愿景吸引了几千位走在回乡发展路上的乡村青年，过去的六百多天，我去过许多乡村访问，渐渐变成了“瑶书记”，在跟许多乡村创客深度讨论如何面对城乡发展失衡，生产安全农产品，解决几千万留守儿童，孤独老人自杀等社会问题的过程中，我不由感叹中国地域真是太大太大了，各种问题错综复杂。散落在各地的乡村创客酸甜苦辣虽然不尽相同，但我能深切感受到创客心中的困惑与积压的情绪，理想丰满现实骨感的那种无法释怀的沉重，乡村创客往往缺乏资金和资源，得不到家人和社会的认可而成为一位孤军奋战者。记得有位哲人说过:“存在就意味着局限，然而，超越局限才是更真实的存在。”在我看来，乡村创客是这个时代最可爱的人，他们从疑问中引发思考，从困难中努力突围。超越各种局限，在全新的互联网时代创造创新社会价值。他们的创造不仅影响着自己本身，更深刻地改变着农村的社区经济发展。而社会企业家培钧十多年的乡创实践极大地鼓舞了正在乡村努力的这些年轻人。

“企业家”这一概念最初在十六世纪的欧洲出现，而后经历了一系列流变。黑格尔眼中的企业家“对经济生活中可能发生的机会做出反应，通过创新创造更多的价值”；四百余年之后，熊彼特将“以实现新组合为基本职能”的人称为企业家；近十几年来，以伯恩斯坦为代表的西方学者提出了“社会企业家”，即那些为理想驱动、有创造力的个体，将经济资源从较低领域转入到有更高生产力和更高产出领域的人。理想主义、创造性是他们身上常见的标签。

他们质疑现状、开拓新机遇、拒绝放弃，最后要重建一个更好的世界。

社会企业家，如孟加拉经济学家穆罕默德·尤努斯，在普通银行完全不会考虑给穷人贷款的情况下，创建了格莱珉银行，专门为穷人提供小额信贷帮助他们脱贫致富，并和其他商业银行一样实现盈利。2006 年，“为表彰他们从社会底层推动经济和社会发展的努力”，他与孟加拉乡村银行共同获得诺贝尔和平奖。

我也知道中国并不缺少社会企业家。远在晚清，大绅商张謇就在用商业手法推动着彼时国家的经济自由、社会自治与民主转型。民国时期的晏阳初，通过“中华平民教育促进会总会”在中国农村进行了轰轰烈烈的教育实验，在动荡的局势之下心系农村，摸索出了出一套以教育、生计、卫生和自治为主题的四步方案。吴晓波老师称他为百年中国最著名的“社会企业家”。

工业革命催生了企业家精神以及经济的极大繁荣，由此带来很多的社会问题，却不能完全依靠唯利是图的营利企业与提供公共产品的政府机构来解决，在中国，创业不应该总和投机、污染以及不负责任联系在一起。我相信“好人赚钱”的时代正在到来，只有那些代表社会良知并积极求变的社会企业家才是社会进步的中坚力量。他们用商业的眼光看待社会问题，用商业的规则解决问题。我看到越来越多不安于现状的人将成为社会企业家，无论他们知道不知道这个名词。

培钧常常说他正在做本地美好商业，在我看来所谓本地美好商业，是出于对生命的同情，而不是因为享乐和欲望，拒绝恐惧的驱使，不为声名所累，也没有跟不上潮流的焦虑。工作本身具有意义感，带来愉悦和成长，有着朴实直观的评量标准，不独以货币衡量。所谓发展也是自然的成长，是内力的自然外显而不是外力催化的畸变。

乡村社区经济的发展，需要我们每一位乡村创客学会放下自私自利，用柔和耐心的语言表达内心纯粹，联动本地一切有利因素，把环保、秩序、公平、透明的原则和力量，融汇在一起，沉下心，扑下身子到田间地头，用心的能量把本地的美好商业种出来，让新的商业模式能够在乡村发展起来。如果乡村能让更多人安居乐业继而安身立命，我们的故乡就一定会更加年轻。

好评推荐

两年多前我第一次到竹山，培钧在他的车上跟我说着“天空的院子”如何从一片废墟到成为台湾最美丽院子的故事。我到现在还记得，他当时说着从一砖一瓦开始动工时的神情，有多么耀眼和令人感动。

他让自己的梦想从废墟里再生，他也让竹山从一个空城，翻转成带着浓浓本地味的文创小镇。

他的故事，不只是成就自己的故事，而是启发更多无助彷徨的年轻人，愿意把梦想用挫折来种下，然后以汗水和泪水一起灌溉，让属于台湾这片土地的文化，能透过更多年轻人的创新和实践而遍地开花。

如果你还在怀疑自己，这本书将让你知道，你应该拥有的梦想，其实比你想象的还要巨大许多。

——田定丰／丰文创创办人、摄影作家

认识培钧，是在一场数百人的论坛中。在那之前，我已经从报章杂志、朋友前辈口中听过他的故事好多次。礼貌性递上名片，说明我来自社企流，培钧很有朝气地回道：“我知道你们，也很喜欢你们的理念，我们一起加油！”短短几句话，就把我跟培钧从陌生人变成好朋友。

我也总是在我们担任讲者的论坛中遇见培钧。虽然不常见面，但每回遇到他，除了问候，他总是跟我分享竹山更多新计划，也跟我说社企流可以有哪些新尝试，从来不曾喊累。在他身上，真的看到梦想“自”造家的特质——开创、真诚、热忱、分享，翻转了许多人对社区发展、青年返乡、社会企业等词汇的想象。

很荣幸受邀担任这本书的推荐人，邀请您一起走进培钧精彩的人生故事，认识他的梦想、信念与价值。

——林以涵 / 社企流创办人

竹山，一个台湾地理上常遭忽略的名字，十年来因为有了“天空的院子”而彻底改观。台湾经济起飞的过程，把青壮人口挤压到工厂到都市，农村、渔村、部落失去活力，加上农业长期的衰败，犹如荒村的景象，到处可见。“天空的院子”所本地大鞍村就是典型的代表。

而竹山的复苏，也像当年台湾经济的发展一样，是个“奇迹”。这个奇迹来自一位早熟、有自觉、有方法、敢行动的青年永无止境严格要求自我的实践；他同时掀起一波波难以形容的台湾城镇再造风潮。

何培钧集商业、非政府组织、社群跨域等治理模式，在网络与媒体引起关注后，顺势成功推出换宿等活动，吸纳热情的人力资源，转化成对竹山社会的贡献；且透过无数的演讲，感动更多的人，“何培钧世代”已然成形。

这本书，让我们看见何培钧的背后，他的价值观，他的所有不可置信的拼命，期待这股力量的扎根，让台湾乡镇到处，遍地开花。

——廖嘉展／新故乡文教基金会董事长

文创，文化创意，而“文化”两字的精炼意涵，就如余秋雨所说的“精神价值，生活形态”。文创绝对不是华山、松烟那种财团公主所展示的形态，如果你知道了何培钧“小镇文创”的演化过程，你一定会同意我的说法，那是地方小镇特质与居民生活形态的创意呈现，精彩而有质感，感动而有未来。

——王浩一 / 作家、浩克慢游主持人

我觉得台湾需要多一点各行各业的领袖，需要更多人站出来承担责任。培钧就是一个这样的人，勇于承担责任。他的光芒不是光辉绚烂，稍纵即逝的，他有持续不疑的水牛精神。这一个世代的台湾需要有更多的韧性，而培钧已经做了最好的示范。

——许毓仁 / TED × Taipei 策展人 & 共同创办人

乡镇最美的风景，是本地最动人的梦想

何培钧

十年的累积，一直受到社会各界持续的鼓励与照顾，今天终于完成了《有种生活风格，叫小镇》一书，我们都非常珍惜。这本书书写了我从家庭、学校教育，到社会创业等不同阶段的生活记录与省思，期许能够提供台湾青年一种安定的力量与未来的向往。

身为“八零后”的我，出生在早已脱离贫穷的社会，处在一个可以念大学，有劳健保，周休二日，还有机会出国旅游等的美好年代；相对地，这个年代，也是房价高、薪资低、物价高涨的压力年代。每个时代都在变动，每个时代都在包容，每个时代都有自己的矛盾与挣扎。

九十三岁的外公，至今仍与我们同住。每当我看着白发苍苍的他，每天规律地看书、吃饭、运动跟休息，我总是难以想象他们那个年代所经历的一切。那是一个动荡不安与充满苦难的年代。小时候曾听外公回忆起他的孩童时期，我无法想象，如果是现在的我，可有那样的勇气与毅力，去经历那个年代的宿命与包袱？我经常问外公："您在生活艰困的时候，如何让自己克服眼前一切考验？"外公淡淡地说："当别人受不了，我可以忍耐；当别人放弃了，我可以坚持。"当下，我就决定把外公告诉我的话，放在内心，永远不忘记。

尤其，从"天空的院子"到"小镇文创"，每个艰困经营的阶段，都是在许多伙伴与家人不间断的支持之下，才能一步一脚印，在乡镇里扎下了根，发出了芽，长出了叶，最后开出了花。至今，我们仍在竹山持续努力营造社会共好的发展生态。

最近，我们承租下竹山镇上"台西客运站"闲置运输空间，预计用半年时间，将这个空间转化成一个从产地到餐桌、把竹子工艺融入餐饮空间的“竹青庭人文空间”，已于2016年1月完成（见本书第256页）。“竹青庭人文空间”除了象征交通客运站被活化的个案外，也支持农夫生产的本地食材，并且将竹编工艺导入建筑空间运用。很多第一次本地发想的理念，持续推动竹山的改变。

为了鼓励更多本地居民持续改变、提升自己的能力，我们也同步建构“小镇未来行动平台”，与本地朋友一起打造自己的梦想计划，透过网络平台凝聚人气，邀请外地的旅客来支持参与，成为本地梦想的行动参与者，让“观光客成为社会学家”的观点，成为竹山小镇最具体的实践典范。如果可以，我们也期许“小镇未来行动平台”能带给台湾乡镇居民更多改变的动力，让乡镇最美的风景，是本地最动人的梦想。

最后，我们把在竹山累积十年的发展实务经验，透过与云林科技大学张文山老师合作，整合归纳为“小镇文创”本地知识学习系统“竹巢聚落经理人”实务课程，让竹山从观光体验提升为知识学习的场域。期许未来能引领更多华人世界的青年朋友，到竹山“小镇文创”进行深度学习。

青年朋友们，别轻易就让自己失去了人生理想。纵使现实生活经常要我们认输，我们的内心，也绝对不能输。我们一定要让竹山小镇恢复元气，一定要让台湾乡镇发展创新，一定要让社会充满朝气，只要我们愿意持续努力，就有翻转的契机。

我有一个梦

或许，眼前这一切都必须从这座遗落在山林中的百年废墟开始说起……

梦想，缘起

我开始懂得喜欢现在
喜欢现在就一直
充分准备的自己

记得，我大学时就曾盼望，毕业以后的生活，自己会喜欢。大二那年夏天，父母亲从故乡南投水里移居竹山镇大鞍里生活。我对这座海拔八百公尺的村庄很陌生，但或许因为怀有这样的信念，很快就被美丽的山林与平静自然深深吸引。

大学期间，只要是假日，我经常背着背包坐上火车，满心期待能够上山感受繁华大城市所无法体会的感触，一个人沉浸在整片美丽的山景中，慢慢走完一段又一段的林间小路。每次在山路途中，望见金色阳光穿透竹叶叶缘洒落的光影，总是令人心境特别平和。

某天，突然在满山竹林环绕的山路夹缝中，发现一条由石板堆砌而成的阶梯，石阶表面布满绵密青苔而有些沧桑。我顺着石阶的方向走去，不知为何，当下内心也悄悄地感受到不安与期待。我踏着古老的石阶往上走，一阶接着一阶，然后加快了脚步。突然，出现在我眼前的，竟是一座看似雄伟壮观，却又残破不堪的古老废墟。

百年废墟似乎禁不起岁月的无情摧残，任凭时光流逝静静地沉潜着。我试图想象在这座百年废墟中曾经发生过的一切，心中突然涌起一阵很深的感触。我边走边想，看着远方山脚下城市筑起的高楼，那些繁华中的拥挤、热闹，与眼前颓圮的景象，存在着一种强烈对比。

这座百年古厝与我并无特别渊源，为何我却感觉难过与不舍？这种内心不舍的感触，是否因为传统文化被生活的冷漠所遗忘？我并不清楚。只是看着这些过往我们珍惜的风土文化，竟随着工业化而逐渐逝去，令人唏嘘。天色渐晚，我带着内心的激动下山。也就在大学二年级那年，我开始试图努力找回早已深存我们心中的古老记忆。于是，我立下了志愿。

冲破迷惘

骑摩托车回家的路上，沿途的山林茂密而安静无声，思绪却澎湃激昂格外清晰。虽然眼前的路，我还不清楚，对于未来的态度，却有一种笃定的激情与决心。

我念长荣大学医务管理学系。因为在山上的深刻体悟，回到学校后，我开始为自己由衷向往的未来着手准备。表面上看似一成不变的大学校园生活，内心深处却早已有一种说不出的迫切感，不断地期许自己，希望逝去的传统建筑文化，能在我们这代人的手中重新唤回。

因为开始怀有这样的理想与抱负，让我在学校的学习态度产生了自信，并且深信学校所学的一切，是为了让自己迈向更长远的未来。我发现了一个迥然不同的大学风情，仿佛突然明白了人生的一些事情。

人生总是有许多当下，纵使轮廓初始不那么清晰，经常徘徊思考，只为了在扑朔迷离中发现一条明确的道路，这并不容易。大学三年级时，我成为班上少数没报考研究所的学生，更开始积极地跨系、跨校、跨领域自主学习，也特别参加顾问公司为企业主管规划的中阶实务管理培训课程，因为我想更清楚地了解，企业主管在管理实务上，可能经历的困难与解决的方案。

不为文凭与考试

同学对于我的决定感到非常讶异，因为我额外付出时间学习的类别科目，其实并没有学分文凭的相关证明，更不是系所对学生的期待与规划。然而，如果我们在大学里的学习，仅是为了文凭学

> 改变，不要等到很久以后，立即行动，就能放手一搏。

历，一旦没有考试学分制度，很容易就停止学习，这反而失去了教育最终的社会价值与意义。有鉴于此，在学校的匆匆岁月里，我始终努力学习，把握大学稍纵即逝的光阴。大学于我而言，不再只是为文凭考试而学习，更是为了自己拥有明确的未来而积极准备。

台湾每年有几十万名大学毕业生，如果每位青年都能以更开放与关怀社会的胸襟，找到自己人生的梦想，那么，在学校所学的专业知识，一定能够透过学生的主动学习与热情实践，而产生无限的力量。反观，如果青年对于学习感到迷惘，仅是为了满足社会各种形式制度指针，学习价值失去了意义，非常可惜。于是，我在大学期间，就一直在充分准备自己，对于未来，我不要等到很久很久以后。

古老的宅院

以前的人离开了
现在我们到来了
我们还能
为这座残破的古老废墟
留下些什么？

大鞍，位于海拔八百公尺高的村落，一个鲜少人知的地方，一个当年台湾竹林产业最兴盛的地方。早期，竹子的经济价值非常高，竹叶、竹干、竹笋，每个部分都可以制作利用，因此，大鞍的居民因为满山遍野的竹林而生活富足。

过去竹制产业繁荣兴盛，这个村庄在日本殖民时期筹备了一座林业集散中心，山里也成立小学，当时有百余户人家居住于此。如今，随着塑料工业的兴起，以及大陆竹业进口的压力，居民陆续搬移迁离。最后，只留下年久失修的老宅，与人去楼空的失落景象。我遇见的这座百年老宅，便是当时因人口外移而没落的传统建筑典型。

这里，曾经是张氏家族的祖厝。据闻，最兴盛时家族成员达三十几位之多，从遗迹里依稀看得出祖先的生活形态。古宅里的长枪、飞镖、米臼、古玩、裁缝机、旧日历……我好似拿着放大镜般，细细体会并寻找这些散落满地的遗落物品，想重温那段被遗忘的时光。

这座古老建筑，屋檐破了，土墙倒了，水瓮碎了，猪圈坍了……在过往来去之间，又一次次地经历春夏秋冬。我心里反复思考着，我们究竟还能为这座残破的古老废墟留下些什么？

大学毕业离开学校，接着是一年十个月的兵役。历经了人生几个重要阶段，我发觉自己成长了，也变化了许多，唯有三年前在山

上发愿的渴望依然。记得，退伍回家的隔日早晨，我便迫不及待前往大鞍，探寻那座深山废墟。很幸运地，几年来，这座古老废墟并没有因为天灾倾颓，或遭人破坏，仿佛遗世独立存在于深山之中。当下真是满心欢喜，高兴得大叫了好几声！

眼前的废墟古宅，对于退伍之后的我，似乎象征着另一个新意义的开始。我既欣喜又忧虑，在这座古老院子里不断地踟蹰徘徊。在那瞬间，我突然想起长我三岁的表哥古孟伟，他是我想一起上山筑梦的唯一伙伴。

每个角落都是光

表哥自小对建筑就有浓厚兴趣，他经常利用牙签或者竹筷，设计不同造型风貌的房子，我也总是跟他玩得不亦乐乎。初中三年级那年，外婆突然病危，最后带着病痛的煎熬折磨离开了人世。那时外公告诉我们，他衷心盼望家族日后能有一位医生，好让亲人可以免除在医院无助的慌张与恐惧。

表哥是长孙，也是家族里首位参加大学联考的考生。他不负众望顺利考上医学院的公费生，成为家族里期盼的医学院学生！正当所有人都兴高采烈欢腾不已时，我却看见表哥脸上除了几分喜悦，还怀着几分的郁闷，好像幽微的心事撞击了他的人生，而感到不安。到现在，我仍记得当时表哥告诉我："希望未来还有机会，成为一位建筑师。"

在他就读医学院的七年里，除了大六、大七必须实习，其余几年的暑假，他常把空闲时间耗在工地里，因此奠定日后他在建筑实务上的基础。自从偶然与这座山中古宅相遇，我觉得古宅似乎也在暗示我，应该要找寻有缘之人并肩筑梦。我不会建筑，我不会设计，我不知道废墟是否可能转化为生命的表征，不过正因为表哥对建筑的热爱与执着，在遇见老废墟的那一刻，我唯一确定的是，我能与一位真心热爱建筑的人上山逐梦。

人生如果有勇气选择蜕变，必定会展现出生命不同风貌的丰富与华美。

当表哥初次站在这座古宅的前庭广场，纯净的微风缓缓吹拂这里的一草一木，他立即被此地百年的清明所深深吸引。清早的晨光映照在建筑表面上，仿佛古宅在岁月中的每个角落都是光，无须刻意也无须装饰。原来，岁月所遗留下的痕迹，竟能迸发出如此撼动人心之美。

表哥仔细巡视、观察古老建筑的每个小角落，他的眼神与表情流露出寻遍千山万水，终于找到一处可以弥补儿时梦想缺口的地方。于是，上山当天，表哥和我，对于未来，还看不见，也听不见，不过，两人却已经决定展开山中筑屋的漫长岁月。

家族革命

我的父亲是闽南人，母亲则是客家人，自我出生懂事以来，父母亲一直非常细心照顾我与妹妹，一家四口大部分的生活时光，总是在欢笑中度过。当时我刚退伍，表哥也正式向医院请了长假，我们决定上山修缮这座荒芜的百年三合院，打造我们的梦想天堂。我

> 天底下的事情没有绝对，绝对的是，你身上该具备的勇气、毅力与智慧。

找母亲讨论此事，没想到母亲竟然这么说："如果人生过程中，找到了自己前进的路，记得，要勇敢坚持，一步一脚印走下去，妈妈会尽全力支持你们。"

母亲为了我们，背负着整个家族的舆论压力，承受许多亲人的指责，我们经历了一场如暴风雨般的家族革命，每位长辈都坚决反对。表哥说："希望长辈体谅，让我能够完成小时候的梦想。"直到现在，我仍对母亲充满愧疚。母亲，请您原谅我们当时的任性与固执，您的慈爱，让我们有机会认识自己。

虽然无法取得长辈的谅解，兄弟俩依然选择上山。表哥告诉我："我们没有建筑的专业背景，也许可以试着先住在古宅里一段时间，慢慢与它培养感情，观察这里的气候风向与日升月落。等到产生了情感，有了感受，再开始动工修复吧！"

表哥把院子视为一座拥有生命的建筑，无论多少时间，多少金钱，我们的初衷，是修复它，而不是拆除重建。也许是因为一砖一瓦不假他手的亲身投入，让我们与院子之间，建立起更深厚的情感。这里，除了是我们的梦想外，也是我们亲手打造的家。在与院子朝夕相处的过程中，表哥慢慢用线条勾勒出梦想的雏形来，笔迹，象征着梦想初心的开始。

我们兄弟俩从最初的环境整理、搬运杂物、拆除、清除杂草、修复木工、批土补墙……凡是可以自己完成的工作，都不假手他人，每天总有忙不完的事情。但是，也总是会有围观的亲朋好友在旁品头论足，大部分人看了之后，都会苦笑摇头说："唉！唉！年轻人不要做这种傻事啦！无论是资金、技术或者是效益评估，都应该把院子全部拆除重建，因为它实在太破太旧了！"

等到那些人各自离去，表哥总会适度地安慰我："要知道，如果把院子全部拆除重建，就没有

愈多人不看好，愈能激起我前进的动力。无论成功或者失败，“追求”两字有多美，你必须亲自去尝试。

意义了。”我想，这是台湾的百年文化，拆除重建也许有机会设计出更现代、更舒适、更豪华的饭店或旅馆，却永远无法重现百年岁月所遗留下的昔日风华。

因为没有家族的支持，也没有任何资金的援助，我们开始接洽许多银行的经理，请他们亲自来访探视。几乎每个来访的经理都认

为，这样的想法太过于“天真”。不过，我们始终没有放弃，还是不断告诉自己：“或许，再试试下一家银行吧！”上山四个多月后，终于找到一位经理，愿意贷款给我们这两个无可救药的年轻人。我想，保持纯真乐观的态度，真的让原本看似灰暗的人生，萌动起光明来。我只记得筹到资金那晚，兄弟俩在海拔八百公尺的山上欢悦了一整夜。

动工吧！

银行的拨款资金，让我们终于有了整建修屋的经费，同时却也开始了负债的巨大压力。我们必须分秒必争，找寻工作伙伴一起上山修屋。

在这片过往曾充满辉煌，却又寂寥的土地上，似乎不断透露着一种看尽繁华之后，让生命再次升华的领悟。我们心里纳闷，难道传统文化与现实生活之间，永远必须隔着一层无法跨越的界线？是否能让每个人在传统与现代的交界处，产生一种期待汇合的可能？

有一种能够解脱所有烦恼的特效药，那就是专注。

或许只要我们愿意试着让新旧走向“延续融合”，就可能擦出完全不同的文化火花。

在这样的初衷架构下，表哥决定以古迹复原的方式，让院子的外观回到它的原貌，保留百年岁月的幽幽气息；室内则是讲究人性、舒适、美学的现代设计，中西合璧，新旧合一。然而有许多师傅持反对意见，他们依旧认为“传统”与“现代”是无法完全相融共存的，甚至是背离的。我们坚持想法，并且不断与大家沟通。最终，工程如火如荼地展开了。

每天早上八点到下午五点在院子工作的时光，是最令我深刻怀念的日子。早晨，表哥总是在院子前庭广场，与大伙一起讨论当天的工作事宜，然后分配工作。虽然传统的古法建筑技术已经渐渐失传，但是我们也会尝试新的方法，找出旧有的建材质感。比如说，我们不会把竹子重新编织起来，再抹上粗坑石灰补墙的技巧，但是我们把批土、石灰、白糨糊和在一起，也能达到近似的触感与效果。

院子里的每个人，好像都在期待院子完工那天的奇迹出现。至今，我仍会不经意回想起，那时候大伙辛苦交织的泪水与汗水、空气中充斥机器操作的轰轰声响、音乐大声播放着、彼此的对话、大雨中狼狈赶工……脑海中忙碌的画面一格接着一格。这些画面让我看到一群人对于生活意义的专注，一种集合众人之力的全力以赴，让那段岁月沉淀成一种厚重绵长的记忆。

关于追寻，你需要的是……

1 要忙着**了解真正的自己**，而非忙着追逐别人的梦想。

2 为了追寻 1 件自己这辈子最喜欢的理想，必须**克服 99 件最不喜欢的考验**。

3 花时间烦恼沮丧尚未发生的事情，这样的报酬率一点都不吸引人。

4 谢谢那些在你追寻梦想的过程中，不看好你的朋友。正因他们，你别无选择、心无旁骛，只能一砖一瓦打造自己心目中的乌托邦，分秒扎实练习。人生任何时刻，都要有**把冷言冷语转化为金玉良言的包容与智慧**。

5 当别人疲倦，你比别人坚强一点；当别人悲观，你比别人正面一点；当别人抱怨，你比别人积极一点；当别人放弃，你比别人坚持一点。**比别人多一点**，未来必有巨大的差别，**看见更宽广的世界**。

父亲，母亲

父母亲所给予我们
生活上的快乐美好
自始至终
都存在我的记忆中

现实与理想的冲击，从施工那天起，便严峻地考验着我们。纵使我们持续不断、日复一日地劳心费力工作，古迹复原的难度却远超乎我们预期。无论是新旧建材的交替与施工技术的瓶颈，工程进度落后与庞大经费的支出，都是我们体力与精神上的艰苦考验。然而，漫长的等待与无法预期的未来，更让人疲倦煎熬。

我记得，在施工过程中，表哥原本计划把院子某部分旧墙敲毁。然而，他觉得这座老宅似乎透露出不愿让他这样做的信息，过了好长一段与老宅彼此“僵持不下”的时间，所有事情甚至因此耽搁而导致工作进度严重落后。施工过程中又遇上台风肆虐，工人从屋顶摔落受伤，灾难接踵而来。有一阵子，好似每天都缠绑在不安惶恐的生活中。

但是，也许是梦想，也许是理念，也许，是一种对保存传统文化的责任与义务，我们依然像傻子般，咬紧牙根，坚持下去。

> 把难题变成培养能力的养分，眼前的难题，就会成为我们生活的导师。

呵护

山上夏日的温度燥热难熬，令人苦不堪言。不过，让我上山寻梦的雨露，总是蕴藏在父母亲关爱的眼神里。我常告诉自己："在这世上应该少有父母可以容忍并且支持孩子的所作所为到这般地步了。"尤其是我亲爱的母亲，她自始至终竭尽心力地付予我们在山上全部的关爱与协助。

没经费了，她替我们烦恼；石板少了，她替我们四处找寻；人手不够了，她替我们探听询问；肚子饿了，她替我们准备最丰盛的美食；喜悦了，她与我们分享；沮丧了，她与我们分担。纵使我们怀有再多梦幻、高尚的理想与抱负，在母亲眼里，我们永远是需要照顾的孩子。至今，我的母亲，仿佛是我在山中生活的一盏明灯。这盏明灯，总是能够让我在山中辽阔的深夜里，安稳地在她怀里被呵护着，让我知道身处浩大的山林间，自己仍是被关爱着的。

修复古宅庞大复杂的工作，随着漫长时间的互煎互熬，冲撞消耗。我的父亲，也加入我们修复古老废墟的工作。父亲一向享受山林，因为早已习惯山中生活，在古宅修复过程中，举凡整坡建地、寻找水源、管路动线的流向、施工考量、植树的照料……这些经常让我们一筹莫展的工作，他总是习惯亲力亲为。

有好几次，我有机会与父亲“并肩作战”，但总是因为对锄头运用的不熟练，或者对于水电复杂线路的不擅变通，而惹来父亲严厉的苛责。在他眼中，山上生活使用的所有器具，男人理应要跟拿筷子吃饭一样顺手；男人要有能以天地为家、不怕吃苦的情怀，才能真正算是潇洒自在。父子一起工作的过程中，我经常被他骂得狼狈不堪。不过，我还是深深觉得，每天在工地里听见父亲那种爽朗不羁的笑声，回荡在绵亘不绝的大山之中，是我人生中最美好与最快乐的时光。我永远怀念。

每一天，总是听着躲在浓荫里的蝉鸣嘹亮不断，满山作响。在山上过了好几个月，我突然发觉，以前那种再熟悉不过的都市生活，成为了既久违又陌生的怀念。当时的我，更想牢牢记住在山上遇到困难就放弃，是本能；遇到困难，咬紧牙关突破瓶颈，那是本事了。

这种毫不吝惜、全心全力、彻底挥霍生命的绽放感受。我好希望可以将这份心中永恒的梦想，保留在内心深处，永远那么洁净、纯白与轻盈。

袭击

有一天，父亲突然高烧不退，我们赶紧下山就医。经过检查之后，马上安排父亲住院。母亲与我整晚陪在父亲身旁，他看起来非常虚弱，一下子饥饿，一下子寒冷，一下子疼痛……整晚我们都找不到医师协助，直到天快亮时，父亲已经整个人瑟缩在床上。我们不知道求救了几次，护理师仍要我们继续等待医师的到来。

眼看父亲的情况持续严重恶化到开始呼吸衰竭，母亲也因恐慌而哭了起来。我赶紧打电话给表哥，表哥马上赶到医院，他一看到父亲的症状，立即决定坐救护车转院到台中。车子一路北上，开得飞快，医护人员不断在车上急救父亲。我们真的好害怕父亲会离开，我不要这样！我真的不要这样！

一到台中医院急诊室大门，我跟着一群医护人员将父亲推进急诊室内抢救。亲人陆续赶到医院，母亲几乎整个人瘫软无法走路，跪本地上难过地哭喊着。我与亲戚陪在父亲身旁，我紧紧握着父亲的手，看见医师拿起心脏电击器，准备开始进行心脏电击时，顿时脑中一片空白。还来不及回神，耳朵突然听见“砰！”的一声巨响，再电击，“砰！”再电击！

这种震彻人生无常的电击声，掺杂着父亲的痛苦与煎熬，我像被震醒般崩溃大哭。残忍无情的电击声仍不断地回荡，持续好一段时间。在那分秒时刻，父亲的心跳复苏了！医生赶紧强制插管，在场所有医护人员用力把父亲全身紧紧抓牢，父亲被迫承受无法躲避的痛苦，不断地颤抖挣扎。我无法忍受父亲所承载的苦难折腾，当下崩溃失控、漫天嘶吼，立即被医护人员强行拉开。然后，我听见父亲哀号大叫了一声，整个人像是丧失生命般倒在床上，一动也不动……

我瞪大了眼睛，哑口无言站立着，霎时的氛围犹如时间瞬间静止般沉重，病床上大片鲜血，好像要把这里所有的一切终结。我看着医护人员急忙把父亲推往加护病房，离我们远去。那种惊愕绝望的景象，足以把自己的人生，彻底撕裂到无以名之的锥心痛彻。那样残缺的景象，或许会成为我一辈子都无法疗愈冲淡的遗憾。

无尽的等待

深夜在加护病房外的漫长等候，令人感到凄凉无助。凌晨一时许，医师从病房走出来，告诉我们："你父亲很可能过不了今晚，必须有心理准备，情况非常不乐观。败血症引起全身器官衰竭，洗肾了，也导入了尿管和鼻胃管，脑神经与视觉神经都受损。建议你们放弃积极治疗，让父亲这样离开，减少父亲在日后治疗过程中所需承受的疼痛煎熬，也减轻大家日后照护与经济上的沉重负担。"

如此悲痛的噩耗，原本故作坚强的情绪完完全全不堪一击，所有亲人都难过至极、泪流满面。母亲几乎放尽气力不断呼天喊地地哭嚎，乞天求地地哀怜，盼望上天施舍我们那么一点微弱不过的奇迹。表哥强忍着眼泪喃喃自语："为什么事情会演变成这样？明明可以在医院救许多人，为何自己亲人的生命却无法挽回……"

就在大家不知如何是好，生命最觉得沮丧的时刻，母亲与我，仍不愿意就此放手。只要父亲一口气在，一切就还有机会！当下仍决定继续积极抢救父亲。医生再次慎重告诉我们，这在日后对于一个家庭来说，将会是非常沉重的负担。父母亲所给予我们生活上的快乐美好，自始至终都存在记忆中。而我，是否能够撑过这个人生无常的袭击与冲撞？

思绪混乱，但我确信一件事情，就是无论情况多么不堪，我都必须救我的父亲。纵使，他失去了记忆；纵使，他看不见；纵使，他听不着；

> 在最艰困无助的时候，只有坚强，其他都是多余。

纵使，他无法言语行动；纵使，他必须洗肾度日，我们都必须永远陪伴在他身边。

医师了解我们的立场之后，立即到加护病房，开始为父亲进行第二阶段的积极抢救。过了好长一段时间，我们终于可以到病房探视父亲。他全身插满了管子，五官身体肿胀得我们难以辨识。为了让血管恢复弹性，如常维持血液循环，必须在他身体里注入大量的生理食盐水。如此沉重的哀伤，压得我们无法喘息。

自那一天起，我们在医院照顾父亲将近两个月之久，一天两次与父亲会面，成了身心的煎熬。而其他时间，我们都到医院附近的庙宇教堂，祈求神明上帝庇佑他早日康复，我们盼望奇迹。生命的脆弱与无常，仿佛弥漫在每天寂静的深夜中，重复在我们难以言表的疲惫里。我不知道在满地的绝望中，是否，还有些微期盼，能够引领我们拥有继续向前的勇气。

混沌又漫长的一个多月，在守着加护病房时悄悄过去了。根据医师观察，父亲虽然尚无意识，不过病情渐转稳定，我们终于挣脱了死神对父亲的召唤，转到普通病房。虽然，在普通病房里稍微减缓了加护病房中的不安与焦虑，然而我们完全没有任何的喜悦，苦难的岁月无情地缠捆着我们，也缠捆着父亲，缠捆着我们全家人。

沉睡的父亲

当生活的一切都停留下来，我似乎只能选择承受，并且适应在静默中，慢慢成了一个多愁善感的人。在普通病房的日子一天又一天过去，父亲仍然没有任何意识。那些为了维系生命而插在身上的导管，一根也没少。护理师担心他无意识的动作会拉扯导管，因此用医疗纱布把父亲的手脚绑住。长期下来，父亲的四肢因为被纱布捆绑时间过长，不只头皮发炎溃烂，皮肤也开始有肿胀化脓的现象。

某天深夜，昏迷中的父亲身体不停扰动焦躁，我不断为他拭去早已被汗水浸湿的额头。一边擦拭，一边默默地流泪。母亲背对着我，坐在床边吞声哭泣，她的肩膀抽搐着，强忍着哀怨。我伸出手，想把那些捆绑父亲手脚的纱布松开。可能是因为拆布动作惊扰了他，没想到他竟张开了口要咬我的手臂，我瞬间闪开，怔怔看着这个已经完全不认得我的陌生人。

我悲痛地想着："就让我为您分担一点点生命的无常与折磨也好。"直到父亲放尽气力，累昏了过去。我不知道这无休无止的灾难，将延续到何时才会停止。至今，偶尔，在深夜里，那种隐约又清晰的感触，仍刻骨铭心。

在普通病房住了两个礼拜之后，医院通知我们可以准备出院了。我惊讶地询问医师："父亲已经是接近没有意识的植物人，又需要洗肾，我们回到山上，该如何照顾？"医师无奈地告诉我，父亲似乎已经回复到最好的状态了。我们无法分辨医师所说的话，母亲听了之后又哭了，甚至连放声哭泣的力气都没有，泪水不断滑落。

隔日，我们办理出院，返回山上的途中，我望着车窗外面，仿佛是离开人生囚牢又重见了阳光。外面城市的繁华与喧扰，一如以往，路上车水马龙，人群如织，我羡慕街道上准备上班的行人的笑脸。如今付出极大代价的我们，是否出了院往事就此如过往云烟。在车上，我畏惧着，愁闷着，我试着在回家的路上忍住泪水，静静看着身旁沉沉入睡的父亲。对不起，我还是无法忍住情绪。

跨越生命的伤痕

终于，到家了。山峦间飘来的空气，一种久违又熟悉的气息，却弥漫着人事全非的氛围。大家带着疲倦不堪的心情与身体，试图静静磨合面对未来所掺杂的情感。当天晚上，表哥突然问我："还要继续留在山上吗？"

一听，我的眼泪立即在眼眶里打转，我真的无法放弃就这么下山！我告诉自己要把悲痛淡化，要把灾难平抚，我要竭尽所有心力，跨越这道又深又长的生命伤痕。我眼眶泛红，告诉表哥："如果，我们就这样子下山，山上发生过的一切会是我人生最大的遗憾。"我们只有把梦想延续下去，继续构筑这个归巢，让生活回归正轨屹立下去，才能面对自己。

表哥感受到了我的想法，于是，我们开始陆续联系院子的工作伙伴。几天后，我们在院子里，似乎又找回了当初那熟悉的气息，酝酿了当初的勇气。原本的我们仿佛已经远离了院子，终于，又绕了回来。

自医院回来之后，我们全心全意地将院子修复完工。我经常在天还未亮时，就起床到现场工作，晚上回到家里，与表哥继续窝在狭小的工作室直到深夜。一千多根台电枕木在我们从未间断的敲打锯刨下，成为院子里一张张量身打造的家具桌椅。直到完成院子最后一件厨房的大型料理台家具后，身体早已精疲力竭、伤痕累累，不过，我们脸上却难得散发出一丝丝的豪迈与骄傲笑容。那晚，真的好美。

回想起回到山上继续工作的那段时间，应该是我最艰苦茫然的日子。白天，我跟着表哥修复院子；傍晚，陪伴承受病痛折腾的父亲。我们试着唤起他过往的记忆，为他气切的喉咙抽痰，为他按摩复健，也为他求神问卜……只是，最后唤回的，都是父亲在生命边缘的沉默与麻木。

最美的天堂光影

日子一天天过去，在这样无可奈何的来去之间。某天夜里，父亲、母亲与我一起在客厅里，一直安静得令人心疼的父亲，原本没有任何异状，突然弯起身子微微颤动，接着使力大喊："培钧！"父亲哭喊出来的瞬间，我们完全无法相信眼前所发生的神迹！我当下回神大叫："妈妈！爸爸看见了！""妈妈！爸爸有记忆了！"我激动地叫喊着，热泪盈眶，母亲既难过又高兴，也泣不成声，三人相拥而泣。就在那没有星光的夜晚，那一刻，是我一生感受过最美丽的天堂光影。

慢慢地，父亲一点一滴勾起过去遥远的记忆，开始撩起了片面

的过往，拼凑出家中残缺的画面。父亲身上的导管，也在每次回诊时逐一拔除。出院半年之后，医生告诉我：“培钧，太好了！你父亲复原情况非常良好，这次检验报告出来，他不必再洗肾了！能恢复到如此，真是奇迹啊！”我们完全不敢置信！跟医生深深道谢之后，我的眼泪再也止不住，看着也在流泪的母亲，这才发现，原来岁月的线条与形态，已静悄悄地爬上母亲苍凉的脸庞。

一晃眼，一年时光过去了，父亲渐渐地康复，院子也终于平静完工。或许是整个过程耗尽了众人的气力，院子完工之后，大家并无多余的喜悦与欢乐，仿佛只是轻轻地、隐隐地，将院子落成在这人世之间。就在结束所有工作的那天夜晚，我与表哥两人坐在这座百年院子的前庭广场，看着这片古老的土地，从一开始的大荒芜延续到了今日的大梦想，总觉得过去这里所发生的一切，如此遥远，也如此清晰。表哥告诉我：“这座百年三合院，坐落于海拔八百公尺的山上，犹如坐落云端，就把它取名为‘天空的院子’，要记得院子的初衷。”啊！原来，人生绕了一圈，终究可以绕回生命的最终归属。

坚持

有房客入住时
压力大到很崩溃
没有房客来住
也很令人崩溃

“天空的院子”完工开幕之后，表哥也回医院工作了。少了表哥的院子，总觉得静悄悄的，静得有些冷落，静得好空虚。

在这之前从未有任何工作经验的我，必须独自负责这座占地八百多坪古老庄园的营运与大小事宜，除草园艺、水电维护、房务清洁、接待旅者、架设网站、撰写文案、财务会计……全部一手包办。对于当时的我而言，“经营院子”实在是严峻艰辛的苦役。

三个月过去了，再怎么绞尽脑汁，再如何刻苦勤奋，却仅能用“惨淡度日”来形容。因为积欠银行缴息无法偿还，终于，银行发出了最后通牒，若是再无法在期限内清偿债务，“天空的院子”将面临被银行查封拍卖的可能。

那时我警悟到，在“理想抱负”“现实周旋”间的冲击，心中经常出现尖锐的矛盾，以及面临无法调和的两难窘境。

独挑大梁

在房客于十一点退房后，我总是独自一人战战兢兢地整理每一个房间，快速地替换床单被单、用吸尘器吸地、拖地、收垃圾，从早上十一点一直清扫到下午三点四十五分。总是在浑身大汗淋漓，工作告一个阶段，准备坐下来吃中饭时，我的手机就响了：

“管家你好，我是今天的房客，提早十五分钟到，现在就在门口，麻烦你开门。”“不好意思，麻烦等我三分钟，我马上为您开门。”

说完，我把身旁几个大垃圾袋往卧室里扔，洗了个三十秒的冷水澡，赶快换上管家制服冲去开门，然后以最优雅的姿态服务每一位客人，仿佛任何困难都没发生过。

有房客住房的时候，压力大到很崩溃；没有房客来住，又担心倒闭，也很崩溃。无论有客人或没客人，我都处于随时会崩溃的边缘。那时我如果说“不”，停止“天空的院子”的经营，我就解脱了，但是我没有！

之所以这么专注地经营，那是因为这正是我想做的事。

我不应该担心社会纷扰，不应该害怕景气不好，而是要为自己真心信仰的事情全力以赴才是。我只能在一次又一次的体力与压力极限中，不断鼓舞自己，与自己的内心对话。对于充满艰辛考验的过程，我从未想过放弃，只是一心想着如何克服渡过。我也相信，唯有更勤奋努力的投入，才能找到自己在社会存在的价值。

“院子”开始营业的头几个月，生意非常惨淡，一个月要缴六万元的本金利息，还款压力异常沉重。如果遇到经营不乐观，也许代表过去的策略不够准确，于是我调整方法，实际计算究竟要卖多少房间？跑多少业务？然后把市场从无到有建立起来才是。

“天空的院子”有六个房间，客满能有三万元收入。因此我规划，如果一个月需缴六万元贷款，每个月只要客满两次，也就是卖出十二个房间，就能安全度过。一个月只要卖出十二个房间就可以过关，与积欠银行上千万负债的沉重压力，这两者其实是同一件事，但思维方式却差异非常大。想法一转换，我当然选择不放弃，继续努力！整个思考逻辑过程，只用了简单的加减乘除。讽刺的是，我们都学过如何开根号、三角函数……我们最大的问题在于学得太多，可是缺乏灵活运用在现实生活中解决问题的能力。接着我把拜访客户的成功率算一成，一个月要卖出十二个房间，等于要拜访一百二十家企业。而且员工二十人以上的企业，才有包栋的能力。

客人在哪里？

晚上，我写信给各个企业的老板，问他们能不能见我一面。白天则是到竹山、草屯、斗六等地跑业务，只要哪个老板愿意见我，我就向他们介绍我的民宿。过程中，客人当然会以最严格的

创业过程中最不可或缺的，是让营运的资金与团队的信心持续成长。

要求让我难堪，再加上我的业务经验生涩，经常介绍到一半就被轰出门。

“介绍一下你们的餐点。”A老板问。

“我们提供厨房设备，让你们自己煮，享受亲自炊食的乡间野趣。”我说。

“要我自己煮饭？你在开什么玩笑！”

“我乐意拿出三万元包栋，支助年轻人的梦想。不过，你们有提供麻将吗？”B老板问。

“没有。麻将可以在家打，既然到了山上，何不把握机会，享受和家人相处的时光？”我搬出自以为完美的台词。

“有没有卡拉OK？”

“没有卡拉OK，但你可以听听鸟蛑虫鸣，看看云海和日出，洗涤心灵。”

“我的心灵需要麻将和卡拉OK，等你装了卡拉OK再来找我。”

“房间有没有电视和网络？”C 老板问。

“都没有。难得全家一起上山，不妨离开电视，好好享受大自然的风光。”

“没电视……那附近有景点吗？”

“‘天空的院子’本身就是可以停留的最好景点。”

“没电视又没景点，整天就待在一间老房子里，为什么我不去乡下住？还大老远开车到你的民宿！”C 老板震怒拍桌，我当场吓得落荒而逃，即使跑出了办公室大门，心脏仍然不听使唤地狂跳，耳边净是咚咚咚的心跳声。

转念，危机变转机

就在某个风雨交加的夜里，雨势愈下愈猛，整个村庄仿佛在暴雨中柔弱地颤抖着。我看着窗外，听着冷风飕飕，心中频频自问，究竟应该怎么做，才能够继续走下去？究竟应该怎么做，才是正确的？如果继续跑业务，每位老板都刁难相同的问题，这样下去只会

真正的市场，来自客户的需求。

让我的自信心崩溃。我应该把老板的需求，转化成民宿经营调整的方向，或许我还有机会借此成长。

大家虽然住在民宿，晚上难免还是想看电视，可能是担心无聊乏味，也可能是不知如何自处。于是，我在“天空的院子”网页上公告：晚上八点到九点，院子广场有一场露天星光电影院。我买了单枪投影机、布幕，以及悬吊喇叭。且几乎每天晚上，我都在院子广场跟客人分享理念。一开始木讷、不知所云，但透过每天晚上大量练习，分享一百场次、一千场次、一万场次，应该就可以驾轻就熟！

餐点部分，要出门旅游的人自己准备，确实有相当的难度。加上山上食材取得不易，于是我经常拜托母亲帮忙准备餐点，送到民宿让客人享用。现代人出门观光都要景点，没有景点的社区，要如何吸引游客？因此我帮山间风景优美的小径取了名字，成为我自己的私房景点，让更多人来体验。

在这样的发展过程中，我发现，真正的市场其实来自客户的需求。我们只要持续保持热忱与客人互动，了解他们的需求，即使客人用尖酸刻薄的话语挑剔，让我们难堪，刺到我们心坎里，我们仍然愿意了解并调整策略，市场就出现了！

于是，在我逐渐累积经验，并仔细构思经营方式之后，我开始思考，没有任何资源的我们，应该先找到正确的传递媒介才是。于是，我整理民宿资料、写文案、准备照片激光视盘，将“天空的院子”推荐给台湾文化机构，介绍给许多文化团体。我心想，无论如何，千万不能再让“天空的院子”深藏在这座孤山里。

音乐与古宅的相遇

不久之后，“天空的院子”有了一个转变的契机。南投县政府文化局承办人员致电告诉我们，国际知名的加拿大环保音乐家马修·连恩即将莅临“天空的院子”，我感受到无与伦比的狂喜。马修·连恩接受南投县政府文化局邀约，在日月潭巡回演出。傍晚表演结束之后，文化局长亲自陪同马修与随行演出人员，初次到访我们兄弟俩的山中梦想国度。

没想到，大家与古老院子所散发出的文化岁月氛围，是如此地契合，尤其是马修，他对于传统文化更是充满浓厚的兴趣。我细细为每位客人叙述，当时我们兄弟俩是如何历尽艰辛，与百年废墟一同走向新旧融合的全新面貌。大家听了，满心珍惜与感恩。

第二天晴朗的清晨，天边洒落微微晨光，虫鸣鸟叫掺杂各种腔调默契十足的搭配，任凭风的自由来去，营造出一种悠悠扬扬的丰富旋律。瞬间，大家仿佛感受到天地的包容。只见马修与音乐伙伴随手拿起了乐器，一脉温情地演奏起来，当下，如魔法般的音乐窜入了“天空的院子”每个角落，我坐在一旁，出神地聆听欣赏，心灵被美妙沁人的音符融合宁定。

隔日一早，我们与马修一行人依依不舍地互道别离。几个月后，当马修再次来到中部演出，大伙居然决定再次上山投宿，我心底高兴地惊呼着。这次见面，似乎有种朦胧又熟悉的气息，好似久违的老友又上山重逢。

火花

那天夜里，对音乐热衷执着的宙斯爱乐管弦乐团的欧聪阳大哥告诉我，“天空的院子”让他产生了音乐创作的灵感。他们邀请了马修·连恩，希望可以与“天空的院子”合作一张客家古典音乐同名专辑。以传统怀旧歌曲融入新古典乐器，避免使用过多机器混音，把“天空的院子”的初衷引领到音乐领域上，与更多人分享。我们非常欣喜地期待这张专辑问世。

“天空的院子”同名专辑耗时一年，费尽心力才录制完成，并且专辑入围了那年金曲奖的最佳客家古典音乐奖项。所有参与专辑录制的音乐家，在我们离别一年之后，带着这张入围金曲奖的古典专辑再次上山，他们终于把“天空的院子”送到了“天空的院子”里。

在古典音乐与百年古宅相遇的瞬间，我终于看见这座过去一直沉沦在山中，被天地默默滋养的古老废墟，借由这张同名专辑的音乐旋律，抚平了许多旅客的心。从废墟诞生了梦想，产生了勇气，衍生了情感，更激发出了新的生命火花。

天空的院子
官网

翻转人生心法 1：态度

人生难免遇上低潮、挫折、泥淖，该怎么办呢?

态度，是距离成功最近的地方。

我们往往因为懂得太多，想得太杂，想要完美而顾虑更多，反而让自己进退不得。如果我们把复杂的当下，想得很简单，专注在当下，反而能够快乐且令人羡慕地活着。

你要告诉自己:

1 生活不可能适应你，唯一能做的，就是**你要适应生活**!

2 调整态度，就能帮助你走出人生的泥淖。

3 遇到困难，要**积极面对**。

4 做**最坏的打算**，但要**最乐观的期待**。

5 努力**专注当下**，用最积极乐观的态度去应对，未来就有更好机会。

照着心底的热情去走！

我们要整修出一座
温暖的古老建筑
这是我的梦
也是表哥的梦
更是我们这个世代的梦

第一次与电视媒体有深刻的交集，是在“天空的院子”营业了半年左右，我们受邀参加由吴念真导演在公视主持的一个访谈性节目“这些人，那些人”。接到制作单位来电通知，希望我们北上受访的那一刻，我脑海中一片空白，真不知该紧张或者欣喜，只是仍然不敢置信，竟会有电视节目愿意采访这座曾经湮没荒山的百年古宅。

录像那天表哥需在医院值班，我只好前一天就大着胆子一人北上。我像一位即将远行的旅者，谨慎地把梦想牢携在身上，心底肃穆地出走到北部大城。录像当天，台北天气阴灰飘雨，少了表哥陪伴，心中难免孤单。为了不让自己胆怯，只好不断喃喃鼓励自己。

抵达公视摄影棚时，所有工作人员都战战兢兢地忙碌准备。见到吴念真导演之后，我立即感受到他本人所散发的纯真性情。因为录像工作实在非常紧凑，我得试着马上融入大伙的工作情境，留意上妆、上麦克风、录像中须注意的细节……“好！准备！五、四、三、二、一、开始！”整个节目完全没有事先演练或者彩排，三个小时的录像过程中，我原本一直怀着忐忑不安的心绪，不过，在导演丰富的经验与细腻情感牵引下，让我有了重温旧梦的生命体验。

节目顺利播出，出乎意料，“天空的院子”因此收到了好多观众的回响与鼓励。这真是令人振奋，也是我们天大的福分！于是，开始有更多电视台、杂志媒体邀约与采访。我除了惊讶台湾的媒体效应外，也肯定自己所投入的努力，是对社会有正面鼓励与意义的事情。“天空的院子”不再只是一间民宿，而是能够成为社会价值的资产。

建筑师的坚持

当初我要修复深山里的百年古宅，表哥也决定暂时离开医院共同参与，所有家族长辈都认为我们太荒唐，大多数人无法接受这样的决定，妈妈却犹如一棵大树在前头迎风挡雨，为了支持我的梦想，承受了所有长辈的责难。

“你就是宠小孩！”外公不认同妈妈。

“你让那两个孩子想什么就做什么，后果你能负责吗？”连舅舅也无法谅解。

妈妈就是妈妈。虽然那段时间从来不说一句，但是我们都能感受到她肩头沉重无比的压力。

院子的设计理念不同于一般民宿，不但要保留传统建筑的面貌，还必须兼顾隔音和冬暖夏凉的优点。表哥为此经常茶饭无味，夜里

> “鼓励”是人生中最容易流通的财富，试图让自己不断鼓励他人，并让他人获得财富。

辗转反侧、绞尽脑汁。我们要整修出一座能让最多人感受到温暖的古老建筑，这是我的梦，也是他的梦，更是我们这个世代的梦。

当表哥在深夜完成建筑设计草稿时，顾不得还是半夜，立刻兴奋地打电话给我妈：“姑姑，我设计出全台湾最美的民宿了！”表哥结合地理位置，并且考虑风向日照，设计出让房间不装电风扇和冷气也能冬暖夏凉的格局。为了解决古厝隔音不好的问题，表哥最后只隔出六个房间，如此，卧室和卧室之间以客厅拉开距离，才能避免客人一打喷嚏，隔壁房就听得到的窘境。表哥深知他的设计与决定，必须禁得起往后至少数十年的时间考验。

当时，妈妈是唯一支持我们的人。表哥的那通电话就像一道曙光，让我们在沉滞的黑夜里获得片刻的解脱，稍稍得以喘息。

我对建筑一窍不通，像个小跟班尾随表哥身后，专心处理他交代的事务。无论是建材的挑选、采光和动线配置，整个古宅的修复都在表哥的掌控之中。前期一切都很顺利，直到表哥遇到一件难

> 顺境时需谨慎谦虚，逆境下要乐观积极。

题，整个人陷入严重的低潮，他迟迟无法做决定，工程进度也因而延宕。

三合院有六个房间，其中相连的两房要做出隔间，而大门进入的空间深度不足，于是中间必须做出一面墙。如果做成平墙，可以争取较大空间，但是客人一进房，会因平墙而感受到压迫；如果做成内缩的弧墙，虽然解除了压迫感，但是整个三合院并没有其他弧形线条，难以想象这道墙是否会成为突兀的存在。这个问题犹如不停回转的漩涡，一次又一次耗费表哥所有心力。他镇日耗在宅内，试图与这难题相处，我记得他说："我们要愿意在最困难的问题上，花最多时间，这样才有办法产生实质的改变。"

建筑师对于线条的感受极其敏锐，些微的线条改变，都会引发视觉上无法忽略的爆破。如果不处理这些细节上的紊乱，好不容易苦心经营的美感，就会碎为满目疮痍，变成一生专业里的污点。直到某日，表哥终于脱出漩涡，设计出不让弧墙变得突兀的工法，拖延许久的进度才终于复工。那一刻，表哥仿佛苍老了好几岁，难以

想象那段时日里，他的脑中究竟如何与困难相处？我想这或许是一种经历过人生的世故吧！

有次在炎热的午后，盖院子屋瓦的老师傅忽然从屋顶梁上摔落地面，生锈的铁钉刺入身体，骨头也摔裂了。我顿时手足无措，表哥赶忙在现场做了紧急处置，然后开车载师傅到秀传医院急救。看着全神贯注开车的表哥，那道坚毅不容过程有任何闪失的眼神，似乎又变回到那位在手术室里的急救医生，连丝毫慌乱也容不下，满心只有救人的念头，因为这不只是一条人命，更攸关一个家庭的命运。

无悔的逐梦人生

蜕变中的百年老宅，重建过程其实并不顺遂，也曾发生过工人扛着梁柱，一个不小心的转身，柱子刺入后方工人眼睛等意外。种种波折都让我们心力交瘁，不过我们一关一关地挺过来了，唯有父亲的意外让我和家庭付出惨痛的代价，表哥更是承受了家族的责难。

“你奶奶就这样走了……就是指望以后家里出事有你来救，才希望你当医生。”外公的话言犹在耳。身为家族长孙与唯一的医生，表哥深感辜负了长辈的期待，姑丈出事自己却束手无策，更让他悔恨不已。当医生宣布父亲病危的消息，急诊室外，表哥的眼眶都红了。从小他就常住我家，和我爸妈感情融洽，我们两人比亲兄弟还亲，这是我第一次见到他如此脆弱。

人生有美丽的风景，也有苦涩不堪的回忆，一路上我们互相鼓励，并肩走过连番风雨。当院子竣工那一天，他拍着我的肩膀说，“我已经完成了儿时的梦想，未来的经营，希望可以有人记得这个地方就好。”

“天空的院子”完工后，表哥回去当医生，十年来从未过问我的经营状况，也不理会赚钱赔钱。他做到他想做的，把自小以来的建筑之梦毕其功于一役。“天空的院子”之后，表哥再也没盖过其他房子，我可惜他的天赋，也曾好奇地探问原因。

“我没有把握再做出院子那般的建筑，而且——”表哥的眼神澄澈，仿佛由海拔八百公尺向上望去的辽阔蓝天，“院子用尽我一生的力气，我这一生没有遗憾了。”

云游四海的浪人

偶尔，因为思念，我打电话给表哥，却常常没人接，后来才知道他出国了。现在，表哥在医院里担任急诊外科医生，弹性排班让他有更多时间体验各地，仿佛云游四海的浪人，漂流在美妙的建筑世界里。

有天我的手机响了，是表哥来电！

“你在干吗？”他问。

“在 7-11 看书。”我说。

“我前阵子住了台南几间老房子的民宿，觉得‘天空的院子’即使过了十年，仍然保有一股在古典中的美感优雅意境。”

“因为，那是一座放眼望去就有十年眼光的建筑。”我说。

这是我的肺腑之言，“天空的院子”让我看见一个年轻人对建筑天分很自然的流露与表达。

还记得表哥第一次上急诊室，被病人吓得慌了，迟迟处理不好伤势。他半夜打电话给我，微颤的声音惊魂未定：“我刚刚差点儿把人弄死……”我深感震惊。医生是救人的，表哥却因为差点救不了人，而觉得自己会把人害死？

如果，我们愿意给这位极具建筑天分的年轻人鼓励，让他努力他最热爱的事情，未来，我想他一定可以考上建筑系、当上建筑师，为台湾社会盖出很多很好的房子。

翻转人生心法 2：寻找自己的信念与价值

人生不是只能被既有的社会情境套住，如果不想进入现有的体制，就要活出自己想要的生存方式！我一直相信，只要找到自己对人生的信念，它就可以引领你持续前进，最后长出一片事业。

上大学以后，你发现自己的未来，不再只是家庭、学校和社会为你安排的道路，你要开始问自己几个问题：

1 我学习是为了什么？

2 我工作是为了什么？

3 我的学习、工作与社会之间的价值为何？

我学习是为了什么？学习不是为了出社会有文凭可以找到工作，而是为了建构解决社会问题的能力、为了让社会变得更好而学习。因此你要想：除了课堂所学外，你需要再增加哪些能力？要再多做哪些学习？

我的工作是为了什么？我们进入社会努力工作，只是为了挣一份薪水，图自己和家人的温饱吗？还是为了让社会更美好？这份工作赋予我的意义，是我对社会可以做出的贡献。

我的学习、工作与社会之间的价值为何？如果你每天上课，只想要下课，那你就上错课了；如果你每天上班，却只想要下班，那你就上错班了。人生如此短暂，何必过着勉强痛苦的日子？既然做了不合适的选择，为何还要硬撑？

人生真的都能如己所愿吗？我觉得每个人的人生并非都能如此，但至少我们可以改变。如果你不喜欢当下的学习或工作，至少，你要先弄清楚自己喜欢的学习或工作是什么？可以利用下课或下班后，努力寻找自己的理想，在社会中找到自己的定位，这才是负责任的人生。

从民宿到社区

民宿经营上了轨道
我们开始思考
跟社区一起把本地的美好
呈现给旅客

大鞍山城
风味餐厅

为了跟家人一起
快乐吃饭，才是人生
不断奋斗的理由呀

在各大媒体以及旅客朋友的热情介绍之下，慢慢地，“天空的院子”开始转为实质的稳定。历经了一年的曲曲折折，终于，可以在山上继续生活下去了。转眼至今，上山这些年来的酸甜苦辣，心底确实兴起了感叹。一个海拔八百公尺的深山之中，我们构建、酝酿了一个让传统生命延续下去的梦想，让梦想重新唤回古宅的气韵，让气韵重新召来文化的延续，延续了你我相聚在这座古老废墟，迸发出许多家人的欢笑与天地相依的和谐。

如今，每位远道而来的旅客朋友，我深信，是因为你们一次又一次至情至性的鼓励，才让我们萌动起无比的勇气，冲出现实残酷的包围。而这些用生命刻画而成的一生记忆，永远都会概括着你我的一点一滴。

民宿经营正式上了轨道，越来越多媒体采访，越来越多旅客前来投宿，渐渐地，我们开始有余力思考，除了一处民宿之外，我们需要本地的社区，一起把更多本地的美好与感动，呈现给旅客。

在一次与当地社区开会的场合里，我结识了暨南大学的林吉郎老师。他的演说启蒙了我，让我知道，经营不能只关注自己，还得衡量团队在发展过程中，对社会造成什么正面影响？是否会对生活环境造成负面冲击？如果每个人所做的事都能让社区更好，那么个体和社区也能共荣共存。于是，我开始思索自己能为社区作出什么贡献、社区里有什么资源，以及该如何让旅客进入社区，使当地变得更加美好。

我想到，许多“天空的院子”的客人走完了林间小径回来后，常会询问山上有没有其他地方可以吃饭？我认为这是一个机会，何不让旅客在吃饭的过程中，参与支持当地的产业？于是，我们开始盘点当地闲置的场域与空间，希望先找到适合当餐厅的地点。

山上因为气候湿凉，常被云雾笼罩着，特别适合茶树生长，以前茶产业非常兴盛。可是随着台湾产业外移、乡镇人口大量流失，因而逐渐没落，昔日繁华景象不再。于是，我们承租了一间闲置七年的废弃制茶工厂，重新规划，并且将其美化、改造成为“天空的

院子”旅客提供竹山本地食材的餐饮空间。除了供应风味餐点，也向客人叙说闲置工厂的故事，这也是当地产业变迁发展的历史故事。下一步，就是设计菜单了。

一桌好菜的本事

我的几位舅舅都有很好的成就，不是公务员，就是做生意或者从政，那是家里刻意栽培的结果。妈妈在学校成绩优异，但外公重男轻女的传统观念，仍决定只让她念到小学毕业，剩下的时间就在家里顾店、洗衣服和张罗三餐。每逢月考就是妈妈最忧心忡忡的时候，总是得起个大早到厨房看灶，火太小得添柴火，火太大米饭会焦掉。为了不让外公因为饭没煮好而发怒，她都坐在灶旁看火，一边翻开课本温习。

正因为传统生活历练出来的许多能力，练就妈妈在任何情况下几乎都能烧出一桌好菜的本事。我没有烹饪的才能，也从不挑食，小时候总是妈妈煮什么我就吃什么。在没有任何资源的情况下，只要全力以赴认真投入，过程就不会白费。

“天空的院子”需要的风味餐点，我脑中浮现的只有妈妈的味道。

当我提出请妈妈设计菜单的请求，她显然比我还要紧张。“要做给客人吃喔！我真的得想想怎么做会更好吃。”

“用你的拿手菜就好了。”我说。

“那，餐具不能像家里的这么简陋，应该到水里蛇窑找陶烧的餐具，这样才有质感，而且方便保温，饭菜不会太快凉掉。”妈妈个性谨慎，就怕客人对她的餐点不满意，所以她总是把每个细节都要求得尽善尽美。

因此，我和妈妈特地跑到水里去挑选。当时水里蛇窑正在开模量产手工的陶烧便当，触感平滑温润，盒盖上烧制了飘逸的书法字。妈妈一眼就看上这艺术品般的陶制便当，直说：“选这个，选这个好。”

望着裸露的陶烧便当，我不禁担忧起如何包装才能具备美感，送到客人面前？“用采茶花布手绑啊！小时候我们上学，都会把便当盒用布绑在身上，以前你阿公也是这样带便当到田里，绑起来好看又方便手提。”妈妈直接提出建议！

我只会吃，想不出这些点子，多亏妈妈的主意，“天空的院子”才有这么漂亮的便当。那时，妈妈好像又回到以前她有兴趣的环境，做她喜欢的事情，我们一起试着克服很多困难，既是母子也像共同奋斗的伙伴。

妈妈的味道

妈妈第一次做陶烧便当时，菜满到便当差点儿装不下，我不禁笑道：“饭菜的量会不会太多了？”

“客人专程上山住宿，住一晚还吃不饱，不仅会被人家笑，也对不起客人啊。”即使我向妈妈解释现代人要吃巧不是吃饱，妈妈还是说得理直气壮，有她自己的一套见解。

当客人一打开花布，见到陶烧便当飞跃的书法字，各个不禁眼

睛一亮。掀开盒盖，眼前满是南瓜炒蛋、酱笋、炸排骨等家常菜，客人脸上的曲线变得柔和起来，没想到在深山里，也能尝到这么家常又温馨的滋味。

每次我送餐回来，妈妈总会很紧张地迎上来，连珠炮似的追问："客人打开便当的表情是怎样？有没有吃饱？酱笋会不会太咸？"

“今天客人说，看到这一味就对了！”

听完我的回答，妈妈才如释重负地松了口气。“天空的院子”餐饮经营的初期，每天探问客人的反应，变成了她生活的例行公事，就连紧张的表情也是。

“我特别弄了梅酒，自己酿的，如果客人喜欢，你送一壶上去给他们喝。”妈妈有时就像居酒屋老板娘，心血来潮时，不时会给客人一些意外的惊喜。

这样的用心很快反应在意外的高人气上，许多客人一吃完便当，就坚持要见我的妈妈。有的想问酱笋怎么腌，山上生活日子要如何安排，尤其是大企业的老板，特别想要找我妈妈谈孩子的教养经验。有时候禁不住客人的要求，隔天我只好亲自带队，直接让客人和妈妈一起畅所欲言。

“你的地瓜球怎么做的，为什么能炸到皮脆馅软？”几个女客人围着我妈交流。“培钧小时候会不会很叛逆？”不知为何，问八跟家人一起快乐吃饭，才是人生不断奋斗的理由。

卦的旅客也不在少数。

“你都怎么教小孩？”这几乎是旅客必问的问题。

“你是在什么心态下，有勇气让孩子贷款在山里举债修屋？”

对于客人千奇百怪的问题，妈妈通常有问必答。客人转过头来问我：“妈妈记得这么清楚，你怎么都没讲？”

妈妈记性很好，我曾经认为，“天空的院子”晚上露天广场的电影纪录片，应该由妈妈主讲，可能会更为贴切。其实，修筑古宅过程中的很多往事我早已忘记，妈妈却记得一清二楚，大概是因为她一直在旁边守护陪伴着我们的缘故吧！

母子的课题

修复古宅的那段日子，我每天浑身沾满灰尘和木屑，妈妈看我这么辛苦，总是一直想过来帮忙打扫或搬东西。即使帮不上忙，她也会费尽心思张罗我们的餐点。当大家围在一起吃着热腾腾的便当，我才恍然大悟，原来跟家人一起快乐吃饭，才是人生不断奋斗的理由呀。

在餐厅的经营上，我以每份餐点两百五十元的价格，请妈妈负责提供“天空的院子”每个月四五百份的伙食。有时“天空的院子”举办活动，一天就需要一百多份餐点，妈妈忙不过来，就会请当地的阿姨一起帮忙制作。整个餐厅仿佛是她的小世界，指挥着众阿姨在厨房奋战。

“最近原物料涨价了，你要有加钱的心理准备。”妈妈要涨价了。

我只好勉强微笑响应，“好啊，那你也要合理，告诉我涨在哪里。”

本来要一直照顾爸爸的她，在爸爸逐渐稳定复原之后，似乎也从经营餐厅找到了人生另一个重心。或许当我们退休，顿时会不知所措。不管到了几岁，我们都要有被社会需要的价值。

持续虚心学习，不断挑战自己的思绪，不断推翻自己的惰性，拼命在茫茫人海中，拿到梦想的入场券。

发现上网新乐趣

有天，妈妈忽然开口，絮絮叨叨地说："这回的客人要住两天，总不能每天都吃一样的菜色，我待会儿到菜市场看看，有没有不同的材料。换季也要考虑节气与食材搭配，差不多该更换菜色了。对了，我想买食谱，研究更多料理的做法。""网络上可以找到各种食谱，你想不想学上网？"我说。

过去妈妈一向视电脑为畏途，以前我也教过她、叔公和一些亲戚，他们不是兴致缺缺就是中途放弃，仿佛学习上网是烫手山芋，避之唯恐不及。后来，我真的买了一台台式电脑放在家中，妈妈犹如发现了新大陆，不谙打字的她用一根指头缓缓逐字打出关键

当工作遇见了问题，一定要先解决自己的坏情绪，免得把问题扩大，还需付出惨痛代价收拾。

词，研究着一篇又一篇的食谱，一切只是为了以更优秀的菜色回馈客人的热情。现在，她开始使用智能手机，连我（LINE）和脸书（Facebook）都难不倒她，俨然是老一辈的数码达人了。

其实，每个人的内心都保有柔软又坚定的力量。当你看见了一件事，而这件事的意义对于自己的影响是如此深刻，此时此刻，这件事情可能已经成为自己身上很重要的一部分。

某日，妈妈在厨房忙得不可开交，压力与情绪即将满涨到临界点，就在她将要破口大骂时，我赶紧提醒她："情绪要爆发的话，让一切先安静平复下来。坏情绪的当下，任何话语抛出来，都只会伤害对方，一点意义也没有。"妈妈沉默了。事后有感而发："你是我的小孩，反而是你提醒了我……真的觉得你长大了。"

偶尔，妈妈看到我在伙伴或员工面前受到委屈，她总会心疼地问我，为什么不和对方争论。

"没关系。"我说。我指着旁边坐在摇椅上、安安静静的外公，

“有什么好争的？你看阿公九十岁了，一生不跟他人计较，才那么长寿。”

从厨房开始，我把妈妈擅长的事融入了我工作环节的一部分，母子共同面对未来的课题，我们在彼此身上得到成长的养分，找出比之前更理想的相处关系。以前妈妈带着我成长，现在我也引导妈妈成长，既是母子也是彼此的老师，大鞍山城的餐厅，默默拉近了我们之间的距离。

叮。手机响了，是妈妈传来的讯息。

“今天买的鸡很大只，肉我有另外留，可以煮稀饭，骨头可以熬高汤……”

联结过去与现在的大鞍古道

除了有舒适的处所
可以享受美食
还有具备深度
风土人文的好去处
让您恣意漫游

回想最初创立“天空的院子”所经历的各种艰辛，再对比餐厅的成功经验，让我明白，创业从无到有最为艰难，以现有基础由点到线比较容易。如果我第一个事业不是民宿而是餐厅，从零开始，恐怕所遭遇的阻力远非现今所能想象。

这番体悟鼓舞了我，要更勇敢地迈开脚步，试着由线到面，串联起吃、住、玩的服务，提供给客人更具深度的人文旅程。

当初我选择以民宿方式经营“天空的院子”，是因为民宿能让旅客停留最久的时间，最容易感受深层的文化。可是我发现客人经常询问附近哪里有好玩的景点，接着就转往日月潭或溪头，无法在本地形成更深刻的文化体验。

对创业过程来说，稳稳维持现况我们不能接受，只有更好才算及格。因此我们让旅客在退房后，除了有舒适的处所可以享受美食之外，还要提供具备深度人文气息的去处让他们恣意漫游。我们想到当地从日本殖民时期延续至今的大鞍小学。

大鞍小学是山上社区唯一一所小学，位于偏僻的山区，更是竹山镇的“最高学府”。它的历史悠久，前身为日文传习所，1931年，日本人为推广日语，于大鞍小学现址设立日文传习所。日本投降后，改为“大鞍国民学校”。

二十世纪五六十年代，大鞍对外交通不便，大鞍小学除了提供当地子弟教育及年长者进修认字教育之外，政府还在大鞍小学举办民众补习班，鼓励失学民众进修。居民受益良多，大鞍小学的存在，实功不可没。

大鞍小学与社区之间，有一条从日本殖民时期便已存在的就学古道，不过古道早已因为地方发展而没落，年久失修。如果能够顺利修复这条大鞍古道，当地民众也能重拾儿时的回忆。

幸福脚步便当

因为古道上遍布石头，旅客行走不便，因此我们自掏腰包十万

> 社会上所需要的价值，不是赢过多少人，而是帮过多少人。

元，邀请本地居民协助整修竹桥和护栏。我们以竹子制作步道，为旅客提供更舒适的步行体验。在大家同心协力之下，经过一个多月的努力，大鞍古道终于成功开通。古道开通那天，我的内心雀跃不已，仿佛见到古道联结了过去与现在，也连接了没落社区复兴的希望。其实，我们都清楚，社会上所需要的价值，不是赢过多少人，而是帮过多少人。我由衷企盼，旅客的到来能为大鞍社区带来更多的活力。

我们开始把民宿、餐饮与古道整合成社区的生活体验，为了让更多人对往昔风土文化产生兴趣，我们在社区首创“幸福脚步便当”生活体验行程。希望以传统便当为媒介，倡导当地生活的深度漫游感受，并且透过民间自发性的整修，重新唤回那些早已失去的文化遗迹。因此“幸福脚步便当”更是一种透过古道引领，让都市旅客置身于丰富的绿色山林茶园间，借由与当地居民的自然交流相会，产生一段感动与疗愈的慢活时光。

“幸福脚步便当”行程开始前，旅客会先在社区餐厅的视听室集合，我们用单枪投影机为旅客做行程导览。旅客透过纪录片进入氛围，搭配图片、音乐和解说，就能知道当初居民如何辛苦地开通古道，这条路对于居民有什么意义。于是旅客也能以不同心情看待大鞍古道，深刻感受接下来的文化之旅。

听完导览，每位旅客都能领到一个便当、一份香水柠檬皮干和冷泡茶。我们透过一个便当，说出更多与本地有关的故事。便当盒的外观，是竹山镇上的竹子加工厂用竹帘改成便当盒设计而成的。用来绑便当盒的采茶花布，更是镇上百年老棉被店手工缝纫制作而成。便当里头的食材，也是在当地市集采买的。

一个便当串联运用本地三种生活行业彼此合作，更能让参与行程的旅客清楚了解，透过大家的共襄盛举，支持本地生活产业

的背后动机与意义。旅客不再只是观光客，而是透过游程体验，转化为关怀本地的社会观察家。我们协助旅客用花布把便当绑在身上，进入古代农夫

务农的生活情境，接着参观大鞍古厝群。当旅客漫步在竹林包围的古道里，沿途饱览竹林、茶园和农家的自然风光，仿佛也进入了时空隧道，感受昔日居民辛苦上山读书的光景。到了中继站大鞍小学，就能打开便当花布开始野餐，里面的炒菜脯、卤蛋、炸排骨等菜色，都是精心设计，洋溢着浓浓古早味。

行程赠送的零嘴香水柠檬皮干，也有一段故事。以前当地人会丢弃大量果皮，有位阿姨搜集果皮后制成柠檬皮干，那是她走路上学时爱吃的零嘴，也承载了儿时的回忆。如果客人喜欢，会向阿姨多买一点，不但增加阿姨的收入，也保存了传统的手艺。便当里的卤蛋、花椰菜、炸排骨和炒菜脯，每道菜肴都有属于它们自己的故事。

来玩，也参与本地生活

沿着古道走到大鞍小学，再顺着产业道路走回来，全程一小时的旅程里，旅客只要买一个便当，不但能体验文化，也参与了本地的建设。居民无需改变他们的生活形态，却因旅客的到访而使生活得到提升。我认为，这是谈文化体验最幸福的方式，也是对本地最友善的参与。

当旅客走完行程，我们特别准备点心，并且递上明信片，请旅客记录当下最深刻的感触，然后寄给自己。即使回到家，一个星期后还是可以借着明信片，重温当时的感动。

我很感谢旅客愿意来到这里，我认为，他们会来，是打从心里认同游程的理念。谢谢他们，让我相信

> 我们早有在夹缝中生存的天赋，只是我们遗忘了很久而已。

“让旅客参与当地发展”这件事是有人愿意支持的。因为这些旅客的到来，使得没落的大鞍社区渐渐有了生气。原来，我们早有在夹缝中生存的天赋，只是我们遗忘了很久而已。

一个便当从外观到食材，我们都尽可能使用本地生产的产品，同时产生本地经济理念、形塑本地故事的发展模式便油然而生。为了落实在经营的理念上，我们开始将“天空的院子”里的床单、被单、器皿、灯饰，甚至点心，转化成本地所生产的产品，让民宿的每个角落，都系上许多用心的本地故事。本地文创产品便能够落实在生活体验场域之中，让旅客很自然使用到，并且成为住宿体验的一部分，让更多人先有了真实感受，进而愿意支持购买。

为了扩大开发本地潜在产品，我们开始积极对竹山镇上的商家与产业进行了解。我经常在镇上漫步，观察小镇生活的一切，无论是白天、傍晚甚至晚上，小镇的静默，确实引领着我们有更深的体悟。

台湾乡镇的问题

没落的文化就像
一颗颗沉眠的种子
只要有适当的时机
就会从地底下
破土而出

我第一次到日本岐阜山城的古川町，虽然古川町只是一个小小的街区，居民所做的事，却令我大为震撼。

古川町的居民组成协会，努力保存古代遗留至今的建筑，漫步街道犹如置身于古代的桃花源。町内有一条名为濑户川的肮脏河沟，以前是划分武士和商贾住宅区的分界线，在居民的努力下，慢慢变成一条悠游数千尾锦鲤的清澈河川，重现幕府时代的人文景观。

每年下雪之前，居民一起把鲤鱼捞起，送至池塘过冬，顺便清理濑户川的环境。春天雪融，居民再把锦鲤放回川里。美丽的锦鲤之川每年都吸引了大量游客，也成为町民的骄傲。由于鱼饲料贩卖机会破坏景观，于是居民在河边打造了外观形似神龛的小木屋，里面放了满满的鱼饲料，并且设有一个开洞的抽屉，游客可自行奉献金钱后再取用饲料喂鱼。而此费用又扶植了当地草料制作饲料的产业，这些创意把清理河川的社会议题，发展为具有本地经济观点的社区美学。

反观台湾，面积并不大，理论上治理应该更加容易。可是我们和东南亚许多地区一样，到处都是铁皮屋，反而很难把建筑环境和生活美学融合成一体。竹山街上有栋建筑，侧面墙壁凸出了数十条钢条铁柱，如此粗糙的建筑居然能够交房，实在令人匪夷所思。

在台湾，我们经常看见许多人对政治过度热衷而不断批评各种现况，可是自己家中环境凌乱，漠视社区。充满敌意的叫嚣谩骂，似乎已经变成了生活习惯的一部分，我经常感到忧心。

青年消失了

我们对于社会的关切，都只专注在他人的议题上。有些人宁可每天指责政府，可是自家门口的花却照顾不好，这样的社会现象让我觉得很可惜。当我们觉得社会丑陋，是否可以先美化自家的铁皮？当我们觉得淹水很糟糕，能否先清理乡镇的水沟？如果人人都能回过头来先从自己做起，再来议论别人的事情，这对于改变社会一定有更实质的帮助。只要愿意卷起袖子当下就开始行动，你我都是社会的资产呀。

随着工业化的脚步，城市和乡镇的发展变成两个极端，城市一直在发展，乡镇却一个个凋零。对这些乡镇而言，首当其冲的影响是，青年消失了。

由于资源和机会集中在城市，城市吸引了大量乡镇青年前往就业。乡镇只剩下老人和小孩，消费力大为降低，因此当地商品主要贩卖给老人和小孩，单价就会比较低。如果卖的产品过于平价，工时就会拉长，卖的数量也必须更多，收入才能满足一日生活所需。可是工时一长，工作就不轻松。如果一碗面只卖二十五元，就必须耗费更长工时才能卖到五十、六十、七十万元。低利润长工时的工作形态也化为一道围墙，令想要返乡就业的青年望而却步，无形中变成了恶性循环，继续将青年推往城市。

缺乏青年意味着缺乏人才，然而青年正是乡镇转型最需要的资源。所以我思考着怎么样才能让更多年轻人回到乡镇。我尝试在竹山镇上规划青年以专长换宿，期望借重青年朋友的创新能量，转化为推动乡镇发展的动力。

观光带来的不美好

为了振兴乡镇，台湾这几年积极发展观光产业。当乡镇凝聚了美好的事物之后，下一步就是找旅行社共同组合观光模式。可是，旅行社只把当地最好吃、最好玩、最有趣、最有话题性的景点串联起来。所以观光业的能量全部导入台湾乡镇的几个超级景点，例如日月潭、清境、溪头等都呈爆炸性成长，旅客一直增加，政府也不断建设。但是邻近地区的发展几乎停留在原点，几十年来都维持原貌，小而美的事物全被忽略了，因为那些事物不在旅行社所规划的模式里。

观光产业只串联起前几名的景点，其他不在名单内的乡镇，并没有得到发展的机会。就像举办美食比赛，赛后，民众只会到第一

> 没落乡镇缺少的不是美，而是缺少被发现。

名的店家消费，其他九十九名都被遗忘了。如果这不是我们想要的结果，或许应该思考，究竟哪些环节出了问题。

台湾除了城乡差距的问题之外，乡镇自身的发展也走向极端化，究其原因，是信息对外的开放并不完整，多半只集中在旅行社还有观光产业。这种极端化的信息持续大量曝光，演变成极端化的营销。唯有使信息均化，让其他乡镇与本地小店也有曝光机会，那些小而美的事物才有发展的可能。

整合微型企业能够提升量能，争取外来的观光资源，然而量化之外，催动机会均化的模式也很重要。让观光客可以慢慢地随机接触乡镇内的美好事物，才能使观光的能量以均衡的方式扶植本地乡镇经济。

我们在竹山规划本地生活体验，旅客接触的不是最出名的景点，而是体验米香店、棉被店和打铁店等传统老店的手艺，感受旧有文化以及当地居民的生活形态，创立一种文化体验，而非参观景并非任何事情都要“分配均等”，“机会平等”更有实质意义。

点的风土经济，避免乡镇自身的发展过度极端。

有些老街原本是很棒的文创聚落，一间间的老屋子开起了文创商店，吸引了大量人潮。可是观光客太多，无论是垃圾、交通和噪音，都对当地居民造成影响。一个个外地店家纷纷进驻，不堪其扰的居民陆续搬走，艺文街也变成了美食街，最后新的包装盖过旧的包装，质变为一个做生意的地区。

理想的发展是当地的青年增加，而且环境更宜于人居，可是传统的观光模式带来了人潮与钱潮，缺乏本地观点的永续模式，于是外地人越来越多，本地人越来越少，周边依然难逃没落的命运。

因此，规划观光产业之时，必须要有永续的模式概念，如何让商家愿意向当地采购、如何降低环境的冲击、怎么使观光效益扶助本地经济，都必须纳入考量。如果缺乏永续循环的观点，产业与本地发展脱钩，一旦启动观光就难以回头。届时观光只会带来消费与环境冲击，反而变成破坏乡镇的文化浩劫了。

■ 來來發鐵店的土角厝裡探險，盡是「古董」，好有趣！

■ 找到「打鐵巷」的招牌再聽著"咚！咚！咚！"的聲音就能找到打鐵師傅囉!!

——Rabbit
04/03

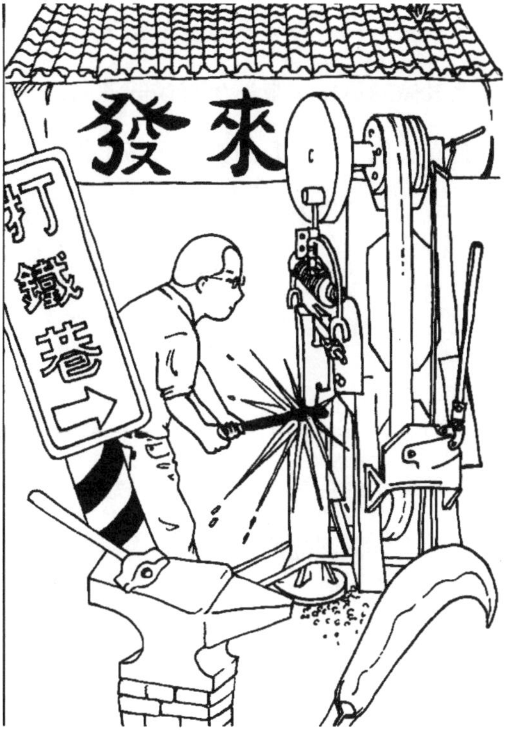

让老店与时代对话

乡镇的没落意味着文化的消失，一个个传统手艺和老店也因而步上衰微的道路。眼见小时候的老店家一间间被时代淘汰，心里多少会有感伤。然而我们努力保存文化，并非只是留住一份儿时的回忆，或者盲目借着社会的怜悯支持他们生存。而是让这些文化与市场有更多对话的机会，从而让传统文化找到新的出口，在新旧包容之间延伸出更绵长的历史脉络。

时代的巨轮不停转动，许多无法适应的文化随之消失，所以文化不会永远存在，而是一种持续在当下的状态。从另一个角度来看，一直守旧不能产生创新的内涵，无法为顺应时势而找到新的出口。以“天空的院子”为例，我不会为了保留文化，而把内装百分之百修复为原貌。“院子”里面有新式浴缸和瓷砖，让客人可以感受往日情境，在新旧融合之间找到适合于当下的生存姿态，拉近文化与客人之间的距离。

正因为新文化的存在，老文化才显珍贵。

没落的文化就像一颗颗沉眠的种子，只要有适当的时机，就会从地底下破土而出；如果一直醒不过来，本质不会消失，也只是在等待重生的时机而已。

很多事物如往昔那般存在于当地，例如老艺术家认真地投入，可是作品得不到市场肯定，便认为民众没有素养与眼光，甚至开始对这个社会感到不平与愤怒，高高在上地存在于一个角落孤芳自赏。这种封闭的姿态不能称之为文化，唯有让社会听得到、看得懂、感受得到其内涵，以现代人能够理解的方式呈现，才能存在于当下。

又例如，没落的老宅没人住了，前人离开，就表示不适合在这个时空环境里居住。可是也无须过于感伤，后面的人来了，会重新整修这间老宅古厝，赋予它一个能够在当下生存的姿态，如同“天空的院子”一样。所以文化的消失无须过于感伤，它可能只是暂时不适合这个当下。

老文化滚出新生命

我们在竹山镇上规划本地生活体验，带旅客去参访老店，并不只是一味支持店家生存，而是带领店家出来与人群对话，让老店努力寻找最适合生存的姿态。当旅客参观打铁店，也会抱怨环境太热，怎么没有茶水供应，或者老板解说不清楚，产品只有刀子很单调等老店借着与市场的大量对话产生互动，慢慢升级自己的服务，或者以旧有的基础融合新的精神，让文化本身找寻出口。

“我爸说，台湾可以少一位工程师，却不能再少一位打铁师，所以我回来竹山，成为‘来发打铁店’第五代传承者。”当初，因为父亲的一句话，阿荣辞掉工作，毅然决然回到竹山继承打铁店。但他不会打铁，只能坐在板凳上旁观，一直被爸爸责骂。妈妈觉得孩子肯回竹山这个什么都没有的地方已经很难得了，爸爸还骂得这么凶，很担心阿荣会撑不下去。其实，换成一般年轻人，早就撒手不干了。

可是阿荣看得到这份工作的价值，明白打铁文化的传承使命，所以他在磨炼中精进手艺，现在已经是独当一面的打铁师了。有天，阿荣骑摩托车来找我，拿出一把非常精致的小刀，美丽的流线立刻吸引了我。原本我以为“来发打铁店”只打菜刀，没想到还能做出这么细腻的刀具。

“这是依比例缩小的赛德克巴莱刀型，刃面是钝的，如果你觉得开锋会比较好，我也能打出锋利的。”阿荣征询我的意见。

“当然要做钝的，可以变成钥匙圈和饰品。”我说。

“但是我爸不肯，他说专业打铁师一辈子都不可能打出钝的刀子，一定要非常锋利，不锋利就不配叫打铁师。”

“你跟他沟通过吗？”

“说过了。我说钝刀是要卖给客人的商品，锋利的刀子容易伤人，而且没人会买这么小的刀子回家切东西。可是他听不进去。所以，你要不要和我爸沟通一下？”阿荣向我求援。

应阿荣的请求，我到打铁店和他爸沟通，不过一开口，我立刻被他爸的气魄所震慑。

“刀子切不断东西，那是打铁师的罪过！”短短一句话透露了匠人的坚持。

打一把不锋利的刀

一间小小的打铁店经营五代，那种匠人的信念难以用笔墨形容。菜刀工厂和一般工匠说不出这样的台词，唯有投注一生，专注

> 无论工作或事业，每个人都有属于自己引以为傲的心中图腾。

打造刀子的达人，才有这般无比强烈的企图心。也正是这种坚持，形塑出小店的个性。

后来，我与阿荣爸爸一起接受民视电视节目团队的采访，节目本来只要介绍打铁店，我故意说不是还打出了很特别的小刀子？于是他特地买了一个小柜子，把整排小刀放到柜子里，很认真地带到录像团队面前。

主持人一拿起刀子，阿荣爸爸立刻出声提醒："那些刀全是锋利的，小心不要碰到刃面，不然手会流血。"

"以后会打出比较钝的刀吗？"主持人问。

"不知道客人为何要买较钝的刀……如果客人要收藏这种刀子，我可以做个小玻璃柜，就不用担心割手了。"他回答得有些尴尬。

或许"来发"的招牌就是刀刃锐利，也或许是匠人的信念，无论怎么处理市场问题，他对刀子的坚持就是要锋利。最近他有了很大的转变，有次他拿出一只纯铁打造的蜻蜓给我看。蜻蜓栩栩如生，曲线圆滑，完全没有锐角，是一种很柔软、很女性的产品。

第一次看见蜻蜓让我非常惊讶，我以为那是阿荣以后才会做的东西，没想到居然在阿荣爸爸这个世代就开始成型。“来发打铁店”第一次摆出了整排小刀，第二次端出了蜻蜓，下一次说不定会秀出钢铁侠。

无论这样的改变是源自阿荣后续的沟通，或是游客的意见，透过与市场的大量对话，专打刀子的百年老店端出一只蜻蜓，飞翔在时代的轨道上，演绎出新的生命，老店也能焕发出创新的能量。

我的小镇事业

在这里的每个人
都参与了这场安静的改革
大家一起努力
我们都不寂寞

饱岛，意外的波折

该坚持的是理念
对与错是实践理念的方法
只要方向正确
方法随时可以调整

我在外演讲时，常有年轻人问我："坚持固然很重要，但我怎么知道自己做的一定对？如果是错的，还不听劝告、一意孤行，不是很糟糕吗？"我的看法是，信念没有对错，我们需要坚持的是信念，并非固守方法，方法如果错了，就要尽快改善。

创业过程中，我也曾经历各种挫败，但我知道"让竹山变得更好"的信念并没有错。如果某件事失败了，我不会放弃，转个念头、换个方法，继续努力。因为我知道，唯有今天不断的尝试，明天才有更多可能。在竹山镇上开小吃住宿店，就是一个我曾做过的失败个案。

在乡下，每位妈妈都有自己的拿手好菜，每个家庭都有因年轻人外出而空下的房间，只要稍加美化整理，就有机会转化成特色旅宿，并提供每户人家的私房料理，规划私房景点旅程。"饱岛小吃店"就是在这样的构想下开始的。

我承租了竹山镇上一间老旧的透天厝，室内楼梯是用早期磨石子经营手法必须不断修正和尝试，才能让理念因应各种情况持续下去。

建材打造，把手还留有现今少见的绣花细致纹路，并且保留着台湾早期乡下建筑的韵味。我们将一楼装潢成特色小吃店，再把楼上三四个房间改装为家庭式住宿空间，并开始着手规划竹山生活体验内容……

我们计划先带旅客参观镇上的传统店家，到古早市集采购刚挖出的新鲜竹笋和土产，参观两百余年历史的妈祖庙，以及圣义庙里全台唯一手持步枪的神明红旗公。回来后，可享受小吃店烹煮的土鸡炖酱笋、笋干烧肉、南瓜炒咸蛋等本地风味餐。

当晚旅客可以在镇上休息，隔日再到“天空的院子”住宿，继续“幸福脚步便当”的文化体验。三天两夜的游程里，旅客从镇上到山上，体会竹山镇民的生活与大鞍居民的历史，在更长的停留时间里，完整感受本地文化。

小吃店 vs. 护肤店

理想如此，现实却是：竹山没有旅客。

竹山缺乏旅客，一到晚上七点，黑幕瞬间笼罩整条巷子，渐渐地转为黯淡，鸦雀无声了。几个好奇的当地出租车司机听说我准备开一家小吃店，纷纷好言相劝：“你这间做护肤按摩店最好了，竹山就是只能开这种店，你开小吃店做什么？”

即使当地人如此不看好，我仍然认为市场是开发出来的，没客人就去开发客源。当初“天空的院子”也是如此，并不是有市场所以去做，而是在缺乏资源的状况下，用尽各种方法去开发，才能习惯在困难的环境里生存。

我满心想着只要这间家庭式民宿经营成功，就能以“饱岛小吃店”为示范点，把这个模式推广到竹山镇上的其他家庭：妈妈在一楼准备拿手菜，二楼以上的房间装潢设计后，变成接待旅客的房间，然后孩子负责房务以及旅客的游程工作。一个家庭，从吃的、住的、玩的，都能产生收入，可以让更多小家庭共同经营自己的故乡。

但没想到，我们在装潢完毕后向“县府”申请营业执照时，却遭遇到意外的挫折。

原来，民宿执照只适用于农业区，而“饱岛小吃店”位于都市计划区内，不适用民宿法规，只能申请旅馆执照。台湾旅馆属于特许行业，必须设置无障碍空间，柜台和走道等，空间规划有一定比例。消防安检的要求更是非常严格，所有标准几乎完全比照饭店规格。

计划告吹

至此，让竹山变成特色民宿聚落的计划算是彻底告吹了。这次的挫败也教会了我，如果想要闯出一番事业，就别天真地以为，问题的答案都是我们脑海中想象的样子。

我花了六七十万装潢，却发现法规不能通过，一时间曾经犹豫要不要坚持下去，自己的所作所为究竟对不对。后来转念一想，该坚持的是理念，对与错则是实践理念的方法，只要方向正确，方法

> 如果想要闯出一番事业，千万别天真地以为，
> 问题的答案都是我们脑海中想象的样子。

随时可以调整。

于是，“饱岛小吃店”摇身一变成为“小镇文创”，楼上装潢好的房间就提供学生“专长换宿”，让年轻人用各自的专长来换取免费住宿。这一转换，把年轻人和创意都带进竹山，也带动了后来一连串意想不到的改变。

人生无需要过度纷扰，我们只要意志坚定，好好专注当下，就有值得期待的未来。

翻转人生心法 3：莫忘初衷

你可曾怀疑过自己的决定是否正确，感觉迷惘失落、彷徨无助又不知所措？这时，请倾听来自心底的声音，回想最初的起心动念……

1 **初衷**：每个起心动念往往很简单，是做的过程变复杂了，因此产生怀疑。相信自己最初的信念是对的，中间的辛苦只是过程，唯有更勤奋努力地投入，才能找到自己在社会里的价值。

2 **转念**：遇到困难，你可以讨厌政府、厌恶盘商、怪罪客户不懂欣赏产品，甚至抱怨这年代所有的一切。但与其花时间抱怨，何不转个念，让挫折变转机！将原本的对立立场，转化为合作发展，让眼前的困难成为合作的盟友，把问题转化为未来的合作契机。

3　**不轻易放弃**：计划赶不上变化，追梦过程中挫折绝对少不了，放弃一定会留下遗憾。所以，全心专注于如何渡过难关，用自己的人生，响应当时的坚持，一切都是有机会的！

下次当你站在人生的十字路口，不知该不该坚持下去时，别忘了**回想最初的信念，聆听心底的声音，认真思考更好的方法，再做决定。**

青年回来了

邀请有专长的
年轻人进入竹山
一起让这个小镇
恢复活力

竹山镇近五年来，从原本的八万人，到现在只剩五万人。当“天空的院子”经营步上轨道，我开始思考小镇的问题。于是我在镇上创办了“小镇文创股份有限公司”，试图借此吸引拥有专长的年轻人进入竹山，到“小镇文创”用专长换宿，让小镇重获新生。

竹山没落的情形很严重，一间位于市区中心，拥有两个店面的四楼透天厝，我仅用七千元就租下来了，作为前来竹山换宿的青年的宿舍。会拍微电影的来拍竹山的故事，会油漆的帮忙刷油漆，能设计的改良店家商品形象，这也协助更多返乡青年创业，一起让这个暮气沉沉的小镇恢复活力。

米香店的老板送货来了。那是我们订购的特制米香——“一口米香”。特别委请老板娘做成一口就能塞进嘴里的尺寸，方便“天空的院子”的房客享用。但是望着一大包全装在透明塑料袋里的米香，成品和预期落差很大，我们非但没有开心的感觉，反而伤透脑筋。

小镇文创
官网

“客人轮流把手伸进袋子里拿米香，好像很不卫生？”

“塑料袋装质感不好，包装方式可能也得改进……”

我们都没有设计专业，讨论很久仍然没有结果，这是“小镇文创”第一次尝试开发商品，结果却出师不利。

转型之痛

当“饱岛小吃店”因为法规限制而中止，我把旅宿转型为“小镇文创”，可是对于前途的想象仍然感到迷惘。我经常一个人在傍晚的竹山镇上漫步苦思，无论是天马行空的奇想，或是愚公移山的策略，心中一幕又一幕呕心沥血之作，却总是以悲观结局作收。

因为感触深刻，我告诉自己，从“小镇文创”到地方生活的发展脉络，可能必须用更长远的观点来陪伴与看待，心中的忧虑与不安思绪，竟然获得无比的平静安定。我找到了生活理想与创业发展的和谐，更庆幸当下的生活体悟。

我希望透过“天空的院子”实质稳定的经营，与竹山镇上更多的生活产业联结。“天空的院子”所需要的商品耗材，如果都能由本地商家生产，我想这也是一种让乡镇永续发展的正面循环。

就在我寻求开发商品的灵感之际，忽然听到“啵！”的一声在耳边炸开。那是制作米香的声音，也是传统小店充满活力的心跳声。当下我就决定和店家合作开发“一口米香”，让客人也能体会镇上文化的底蕴。只是成品送来时，我们才惊觉忽略了包装设计的细节。我们决定向学校寻求援助，期望导入学生的专业来解决问题。

我毛遂自荐到云林科技大学演讲。设计学院的张文山老师认同企业必须与本地联结的理念，于是带领设计系的学生开始了第一波的青年换宿，让学生能在真实的工作案例中实践所学。

我和换宿学生一同讨论米香的包装，有时遇到无法解决的问题，大家就熬夜讨论，梦想也在一次次的脑力激荡中不停扩展。换宿生展现了令人惊艳的创意，他们以专业统合了包装设计与营销模式，最后的成果远远超乎我的预期。原本这个案子只是想让“天空的院子”客人品尝到更精致的点心，却意外开启了礼品的市场。

小礼品大商机

许多企业都有送礼需求，我主动找竹山本地银行和保险公司洽谈采购，把客户老板的头像设计成黑影轮廓，制作成红色白底的贴每个问题都是一个发展契机，让未来不断被重新定义。

纸贴在礼盒上，并且印上企业的电话和标语。这个创意获得当地企业的支持，“国泰人寿”“合作金库”和“彰化银行”的订单纷纷给予支持，米香店老板娘在店里忙进忙出，开心地告诉我，好多年没有这么热闹的生意了。

在“一口米香”礼盒初步成功之际，学生的创意再度展现惊人的潜力，设计出另一套全新的礼品营销模式。

我们请“德丰木业”用镭射雕刻做出薄薄的木板明信片，再由打铁店在背后烙印铁店的logo，认证每张明信片都是独一无二，接着以客家花布把明信片和礼盒包裹起来。客人开会可以吃米香，花布带回家当桌巾，拿着明信片到“天空的院子”住宿还能打折。

我们把米香、花布和明信片三个产品，结合成一项更有营销力的多功能礼品。当时“曼都”和“星巴克”都下了大订单，送给企业同仁一人一份，几乎所有人都拿着木板明信片到“天空的院子”住宿。

“一口米香”不仅带动了数个本地产业，也教会了我：虽然一个人的想法可能很轻，如果能够集合一大群人的能力，就可以成就无穷创意。

微电影说老店故事

［字幕］

吃肉圆的美味步骤：

先吃皮，再吃肉，把酱汁捞到嘴里……

影片中，一个男子拿着叉子坐在店里，正经八百地吃着肉圆。游客看着导览影片不禁莞尔一笑。这是岭东大学许程皓所拍摄的微电影，也是“小镇文创”向游客介绍竹山最好的方式。

在换宿生的创意脚本下，微电影俨然成为营销老店的最佳利器。传统老店不擅长使用网络工具营销自己，然而这是青年的长项，他们以自己的专业重新包装夕阳产业，拉近老店与人群的距离。

当初学生要拍摄“小镇职人”系列影片营销镇上的老店，一开始还担心肉圆店、红豆饼摊、印章店老板会不会因为太紧张而一直重拍。没想到他们出乎意外地有表演天分，镜头一开拍就滔滔不绝地演出，完全没有失误，比专业的演员还专业。只要有适当的机会，老店也能激发出令人惊讶的潜力。

青年换宿本来只是一个小小的实验，没想到不但吸引了台湾学生，还有来自新加坡、中国香港和大陆的学生前来一展身手，一年竟有六百个学生前来竹山贡献专长。来换宿的每个伙伴，每天都要写一篇竹山日记，透过他们的个人感触记录竹山的美好。一年六百篇换宿心得，就是我们最好的营销文案。

在一批批换宿生努力之下，无论是协助商家研发产品、改良游程，或者是营销老店，持续输出的创新想法改变这个没落的乡镇，他们的付出使得竹山知名度大开，前来探访询问的旅客让街道热闹起来，一扫过去的沉沉暮气。

“小镇职人”系列微电影

刺青店　红豆饼　印章店　宝岛肉圆

> 用真心观察社会脉动，用耐心理解矛盾问题，用爱心包容各种委屈，内心的善念会开始萌动，蓄势待发破茧而出。

我忽然看见，长久以来一直覆盖在乡镇天空的沉重乌云散去，露出了一丝曙光，让我恍如浸润于阳光中那般温暖喜悦。如果青年朋友持续在竹山小镇贡献专长，或许有一天，台湾的乡镇不再那么悲观，台湾的乡镇可以更友善。

这里住宿不用钱

换宿最后一天，我们会举办个案分享会，让学生报告他们在换宿期间为竹山的改变做了什么。此时的气氛通常很感伤，换宿生总是忍不住抱在一起哭成一团，因为在这段日子里，大家仿佛都成了竹山人。

“一开始我对换宿有些担心，因为没来过竹山，三四天后干面店的阿姨居然叫得出我的名字，也感谢家宏哥每天晚上带我们跑步，竹山这里有好多美妙的事情，但是我要离开了……”

许多换宿生刚来的前几天，人生地不熟、缺乏安全感，背包总是紧紧背在身上。后来逐渐克服了对环境的不安，这才把背包丢在宿舍里，到街上探险游历。解决任务的过程中，他们不是一路顺遂，常跌跌撞撞遭遇很多困难。有时我会看到他们在熬夜，与同伴认真讨论解决问题的方法。就是在这样同甘共苦的患难之中，人与人之间从无到有建立了亲密的革命情感。

我们依据换宿生的专长进行团队分组，同校同系或同班同学不一定会编到同一个小组，一切以项目的需求调整。曾有个美术系的女学生，负责一个叫作“方法明信片”的项目。和一般明信片不同的是，这明信片上画的不是风景，而是搭配标语画出一个创新观点。

例如，有张明信片上画了很多学生围在桌子旁边讨论，标语是“这里不用金钱交换，只要你来”。只要把明信片寄给朋友，无须太多言语，对方很快就能明白青年换宿的概念。为了让外国朋友也能使用明信片，我们请了一位外语系学生把标语翻译成英文。

這裡不用金錢交換，只要你來。
You can live here for free, just pack and come.

小鎮文創－回饋工作坊 Reciprocal Workshop (Mountain Front Bloom)

逐漸沒落的小鎮，以青年們的熱情免費換宿壯遊，為地方注入更多實踐的活力。

A village is in decline. Young grand tourers change their talents for free accommodation and bring vitality here by putting creativity into practice.

小鎮文創股份有限公司
Townway Cultural and Creative Corp., LTD.
南投縣竹山鎮頂橫街1號
No.1, Dingheng St., Zhushan Township
Nantou County 557, Taiwan.
049-2655139 / www.townway.com.tw
小鎮文創股份有限公司

在两位女生的努力下，一系列方法明信片问世了。借着她们的作品，旅客分享了“青年换宿”“幸福脚步便当”“天空的院子”和“小镇路跑”等观点，让小镇的美好传播到世界每一个角落。

在个案分享会结束之后，换宿生常找我诉说感伤，我反而还得要他们尽快擦掉眼泪，不要一直停留在离别的情绪里。既然来到这里证明了自己可以解决社会问题，让乡镇变得更加美好，以后也该有更大的企图心，想想自己未来能为社会做出什么改变。以前我们会想着换宿生能带给小镇什么，现在我们则是经常思考，换宿生究竟能从小镇带走什么。

台湾乡镇充斥许多社会问题，也是学生继学校之后，另一个学习的真实场域。换宿生不能远离问题，而是透过接触问题，明白社会的真实样貌，当这些问题成为具有教育意义的过程，换宿生就能带着更成熟的心态以及改变社会的力量离开。如果他们在竹山的这段期间，能够知道自己未来真正想做什么，那便是竹山给他们最好的回馈了。

找到自己的信念与价值

不是把自己放在
社会里最清楚的位置
而是找到自己在社会里
最适合的位置

我们这一代青年，出生在物质生活富裕的年代，这是我们的福气，也是我们所须面临的问题。传统台湾家庭往往因为上一代生活太辛苦，便给予下一代太多的呵护，这反而让青年失去了自己的天赋。其实，青年教育最好的方式，是引导。让青年朋友在生活中了解自己的特质，专注自己的兴趣，只要能够专注自己本身的条件，未来自然会延伸许多出路。

有些家长总是非常有勇气地告诉孩子，未来投入什么工作会比较好。试想，我们连明日都无法预测，又怎能有如此自信直接教育下一代三十年后应该选择的工作？

青年关注的是毕业后能不能找到一份好工作、拿到理想的薪资，为自己标上一个好价格，鲜少思考自己如何改变社会、能为社会创造什么价值。古代士大夫则先天下之忧而忧，后天下之乐而乐，想的都是怎么改善社会，以天下为己任，充分展现了宽广的视野。无论如何，我们都可以在生活的当下努力思考：可以为社会做些什么？改变些什么？

> 打破社会框架的束缚，勇敢走出自己的路，
> 年轻世代更应无所畏惧的努力与付出。

学习真正的目的，不是要和大家想法一模一样，而是要有自己独特的观点，再加上实践，从而创造自己的价值。

人生的可能性比你想象的多

去年，我与“新故乡基金会”廖嘉展董事长一同在暨大教授“社区营造与社会创新”。我们订出六个题目，请学生上台分享知识，成为课堂上的老师，台下的同学准备问题向台上同学提问。台上台下一来一往地学习讨论，才是教育的价值所在。我们所处的社会没有老师告诉你答案，你必须不断找出更好的答案。寻找过程中，学生必须吸收知识，再转化为大家听得懂的价值内容。

课堂上，我只在旁边参与，在涉及专业的论述上补强，同时也鼓励台下的学生发问，怎么问可以问出重点，怎么问才能问在刀口上。有讲述、有发问，这才是完整的学习，学生与老师才能共同守护住教室真正的学习精神！

讲述与发问在社会上很重要，它们分别代表着挖掘问题和解决问题的能力，这才是教室里该教的重点。我们付出大学四年最珍贵的青春在学校努力学习，不应该只是为了学历与文凭，而是为了历练自己具备未来改变社会的影响能力。

复制比创新容易，模仿比冒险安全，要如何为社会带来更多思想的激荡，我们必须摆脱习惯于在既定模式下解题的惯性思维，孕育更多前所未见的生活形态与工作样貌。人生是一场马拉松，但不该是照着主办单位的脚本，从起点跑到终点。你可以跑向左边寻找日出，或跑向右边探望海洋，人生的可能性远比你想象的多。

因此，不管你读的是不是好学校、做的是不是好工作，或者处于人生哪一个阶段，都要随时怀疑、检视现在做的是否是你想做的事，或者只是听任他人的安排随波逐流？

愈温柔愈坚强

有一句很红的广告台词，“只要我喜欢，有什么不可以？”很多人认为做自己就是放纵自己做所喜欢的事情，其实并非如此。做自己不是恣意妄为，而是清楚知道自己的价值思想是什么，实践展现出来让社会了解。我思故我在，重点在于成为一个有思想的人，而不是任性得没有思想。当我们期许改变时，必须尊重社会体制，不是让社会适应我，而是我尽力适应社会，并且保有自己的思维；不是把自己放在社会里最清楚的位置，而是找到自己在社会里最适合的位置。

我认为社会有很多不合理之处，社会要变、政府也要变，但是变的方法有别，甚至连周围的人也没发现。太极端的做法、太努力在社会里凸显自己不同的模样，别人不一定能接受。如果你更加包容别人，不要求社会很快就肯定或否定你，而是寻求让他们懂得你的方法，时间一久，他们慢慢就能理解你的理念。

改变不用形式上很强烈，这样的改变背后要付出巨大的社会代价。我深信，愈温柔的方法是愈坚强的改变，所以我没有破坏体制，而是持续自我成长。

青春，是抵抗挫折的良药。

找到自己的价值

不是每个人都能一下子就找到自己想做的事，找不到可以边工作边找，先让自己立足社会，对未来保持期待，再慢慢找出自己想创造的价值。所以，先活下去，再谈理想与热情，我们上一代就是这样努力，让台湾成为奇迹。即使是不喜欢的事，只要持续的因为解决问题得到自信，就会愈做愈有热情。

从另一个角度看，学校可视为你进入社会的缓冲期，这段时期你能自修、到企业实习、考证照等，为自己将来进入社会做准备。同理，工作也可视为你圆梦之前的缓冲期，与其一知半解匆匆上阵，还不如在工作中储备资金和专业技术，确保将来能以较佳的状况实践梦想。工作是实现梦想的重要过程，在你尚未着手圆梦之前，这是必要的妥协。

如果要改变现况，我们需要找到信念，支持我们在不笃定的未来走下去。我们要随时问自己：

我在海拔八百公尺的山上，遇見了夢想的天空。
I met the sky of my dream in the mountain.
(800 meters of altitude)

小鎮文創 | 天空的院子

曾是廢墟的百年古宅，展開一場與新與舊的傳承對話，成為旅居的住所。

Sky Yard

A forsaken 100-year-old manor, a conversation of heritage beyond generations.A residence of Travelers.

小鎮文創股份有限公司
Townway Cultural and Creative Corp., LTD.
南投縣竹山鎮頂橫街1號
No.1, Dingheng St., Zhushan Township
Nantou County 557, Taiwan.
049-2655139 / www.townway.com.tw
小鎮文創股份有限公司

最大的财富是时间，最高的负债也是时间。

如果在学校，我为何学习？

如果在社会，我为何工作？

如果答案是为了温饱，

那么我能为社会做什么，

我对社会有什么贡献？

想要找出信念，最简单的方法就是找出自己在社会的位置。所以，最好的答案不是为了文凭或找工作而学，而是为了让社会变得更好而学；也不是为温饱而工作，而是为了让社会变得更好而工作。学校不鼓励学生思索自己、思索未来、思索这个社会，所以学生很难找出信念，不知道自己能创造出什么价值。

奋斗的理由

想要找到自己的目标，不要只想着光环、金钱等条件交换，不能只看制度与我的关系，要着眼社会与我的关系。当你发现自己被社会所需要，你会找到更多奋斗的理由。

现代人常换工作，一年换好几种行业的大有人在，那是因为他们看不到这份工作的社会价值。大家都从自己的感受出发，定位学习和工作的意义，却不从社会找到自己所工作的位置，这是一个惯性思考的盲点。

如果从自己的角度想不通，就从社会的角度思考，便能看见完整的答案。

我一年有百场以上的演讲，很多学生听完演讲后对我说，这场演讲他听得很有感觉，收获很多。可是，大学四年下来没有改变，因为没有任何行动。

所以，现在学生向我要名片，我都说拿了人家的名片，就要马上立志改变。学生也总是说“我未来一定会改变”。我相信他们一定可以信守承诺。不过有一点是确定的——改变愈快愈好，不立刻行动，会失去效果。

改变最贵的成本并不是资源和资金，而是每个人的改变时间太

> 有了深刻的体会，就马上改变，千万别等回家细细回味，因为那只是一成不变地浪费时间。

久，成本就变得太高。观念改变愈快，行动就愈快，你适应社会的速度也会愈快。

改变就从现在

云科大的李宜倩来“小镇文创”打工换宿，启发了她的一些想法。她想办市集，且她不只是说，而是立刻回云林去做。她在三间废弃的早期闲置建筑空间和防空洞办起了“三小栋市集”，努力推广本地小农的产品，做得有声有色，连知名主持人李涛都亲自节目专访。

余建儒返乡做蓝牙竹制喇叭，音质像绸缎般柔美，竹制品特别轻巧，现在也做起了外销生意。

自台南返乡创业的林家宏说：“要做就做最好的。”立志成为竹棒针的典范。他不断研究精致工法，与外地工厂技术结合，增加产品附加价值。现在他的竹棒针外销到欧洲，比起台湾，欧美国家更喜欢这种艺术精品。

竹山最大的问题是没有年轻人。在“小镇文创”的努力下，许多换宿生在这块土地上贡献专长，同时也有越来越多青年返回竹山创业，共同改变竹山的面貌。青年朋友要相信自己的创新力量，正因为你们的努力，使竹山成为一个不断进步的乡镇！

在竹山这个小镇，青年创业成功的故事说也说不完。这些人都有一个共通点——立刻行动做出改变，然后把一个小想法变成大梦想。

文凭与梦想

1 有没有想过**文凭能承诺你什么样的将来？**没有思想地前进下去，你会不会成为盲从社会成规的人？

2 如果不喜欢现况，你就必须相信，**唯有行动才能改变自己**，如果不改变，就必须有能承受一切的决心与气度。

3 无论是学习或者工作，要**随时怀疑、自问**，这是我顺从别人的安排，还是我真正想努力的动机？这样你才能够了解自己，在社会定位出自己合适的位置。

4 为了一圆梦想，必须先确定，**自己是否就是阻碍梦想前进的因素**？

竹艺复兴运动

当传统与科技结合
不只带给竹山新希望
也给了我们一个
勇于想象的起点

风和日丽的山坡上，家宏搓着小竹棒，一放开手，旋转的竹蜻蜓冉冉飞上了蓝天，“培钧，你能想象竹山的天空飞满竹蜻蜓的画面吗？”

“一定很壮观吧！”

于是，家宏和我讨论起乐高积木在世界成功的经验。既然小孩子有玩具，为什么大人不能有玩具？我们愈聊愈起劲，勾勒出一个竹蜻蜓世界大赛的雏形，就像英国的鸟人赛那般充满喜感，哪位参赛者自制的竹蜻蜓飞得最远，竹山就量产冠军的竹蜻蜓……

每个创意都是竹山宝贵的资产，就如同未来数以万计的竹蜻蜓将会飞翔在天空中，为竹山带来新希望，掀起下一波竹艺风潮。

竹艺传承生生不息

竹山拥有丰富的竹林资源，二十世纪七八十年代竹产业最发达的时期，竹山拥有五百多家竹工厂。后来工厂外移，整个产业才渐趋没落。

现在，台湾各地的设计师为了理解竹材的运用，纷纷前来竹山研习。为了推广竹艺产业，我们带领设计师上山，在竹工艺家陈高明老师深入浅出的解说之下，设计师摸着不同竹材，亲自感受竹子散发的生命力，也在操作各种竹编技术的过程中，体会竹艺世界的浩瀚无垠。当设计师离开竹山，竹艺早已融入他们的设计，竹艺的种子也随之散播到台湾各地。

陈高明老师是土生土长的竹山人，在家具工厂从作业员一路做到厂长，累积了丰富的竹子加工经验。当工厂外移到大陆之后，他不胜感慨，小时候家家户户都在做竹子加工，物换星移，如

今竹山的竹艺荣景不再，令他生起复兴竹艺的念头。

后来，他向“民族艺术薪传奖”大师黄涂山学习竹艺。因缘际会之下，又被“外交部”派往非洲几内亚比绍，教导当地居民用竹子编制日用品和家具。两年内成功地使居民生活得以自给自足，功成身退返回台湾。

返台之后，他积极创作以十二生肖为主题的竹艺品，前往纽约和欧洲等地参展。经历了国际的洗礼，他更深信竹艺发展方兴未艾，未来仍有无限的可能性。

陈高明老师不断突破竹艺的技术，努力终于获得国际的肯定，开始接到海外订单。当他收到德籍设计大师康斯坦丁·格尔济奇（Konstantin Grcic）的委托时，不但没有被设计图里的重重困难所吓阻，反而在努力的过程中，超越自身技术的瓶颈。他与其他工艺家历经两个多月的奋斗，终于成功打造全球首张悬臂竹椅，高超的工艺技惊国际，在巴黎家饰展大放异彩。

不让竹艺失传

推广竹艺产业，第一件事就是技术的传承。竹编技术博大精深，如果没人传承，在这个世代就会消失。竹山高中没有竹编课了，而黄涂山老师年纪老迈，也无法再传授竹编技术。最理解竹艺的陈高明老师虽然具备许多知识，但是如果没有透过记录，我们完全不知道该如何学习。

万一培育后人的速度赶不上工艺家的凋零，竹艺就会断根，我们将找不到自己的源头。一个没有源头的文化，未来难以演绎出新的姿态，因为我们不知道传承从何而来。

为了不让珍贵的文化失传，我与竹山本地人叶宥豆导演，开始筹备“竹山竹工艺”技术记录的文史搜集计划。在陈高明老师的解说下，记录从山上竹林到工厂竹材，把不同特质的竹林和各种竹编技术都以影像记录下来，系统地保存竹艺资料。

> 如果成功，我会跟大家分享；如果失败，
> 我会继续尝试。

以后若有设计师询问材料和技术，我们只要开放这些影音资料上网，就能让他们了解竹子的品种和工艺方法。不但省略了询问过程，也能加速竹艺的发展。这是一个很重大的工程，我们非常愿意为了竹山竹工艺文化资产数字影像的保存而尽心尽力。

竹山的竹子，对于我们这一代而言，不仅仅是商品，更是竹山生活的一部分。我们邀请陈高明老师打造从竹材料到竹工艺发展的文创学习场域，让更多民众亲身体验竹编魅力。我们希望将实务累积的知识落地乡镇，无论是成功的经验，或者失败的反省，我们都需要大量与民间分享，让乡镇有更多创新的观点传递出去。

迎向春天的竹蜗牛

摊位上一只只的竹蜗牛名片架和钥匙圈，可爱的模样令人爱不释手，游客把玩着，惊呼声此起彼落。

竹蜗牛虽小，制作过程却不简单，每只都是“竹生活文活协会”成员细心花费多道工序而成，每个环节都需要相当的技术要求，也是协会的超人气商品。

为了持续推广竹山竹编文化，我们成立了“竹生活文化协会”，邀请对社区发展有相当实务经验的林吉郎教授担任协会首任理事长。也邀请南开大学林正敏教授和云科大张文山老师带领的团队等学术单位，以及苏素任、陈高明等竹编老师加入，组织一个开放的竹工艺生态。

在多元的生态里，“竹生活文活协会”的立场，是鼓励地方培育竹林，“小镇

竹生活文化协会官网

文创”的公司角色则是关注市场问题，设计师的角度是独特价值，竹编老师则聚焦于技术突破。

正因为生态多元，不会一味聚焦在商业上，中间会有其他客观角度去平衡，所以能够开发出从竹林取材到生产端全部都在竹山的一条龙产业，发展过程也能透过协会关注的公共议题，让协会的发展更有社会价值。

台湾有许多非营利组织，成员并非由专业人士筹组而成，必须投入相当心力培训专业技能，从生产到销售都由自己一手包办。万一遇见了瓶颈，就必须申请政府相关计划协助。

非营利组织因为受限于许多内外在条件的情况，距离真正的专业商品化仍有一段差距。如果发展过于保守，待在封闭的小天地里，不敢与市场对话，会因此失去市场的真实声音。所以，别花太多时间听别人鼓励，那只是离真实越来越远而已。所谓的市场，就是从学习拿着自己的产品，亲自询问客户为什么不买你的产品开始。如果连面对困难的勇气都没有，要如何面对无常的未来？

把竹编变成二维码

某日，在政府会议中，我认识了南开大学长期致力工艺与科技结合的林正敏老师。林正敏老师在会议中提及让竹编与网络结合成二维码，这样的数字服务概念非常吸引我。

一块竹编小竹板，包容了创新概念、科技应用、工艺温度与产业结合。

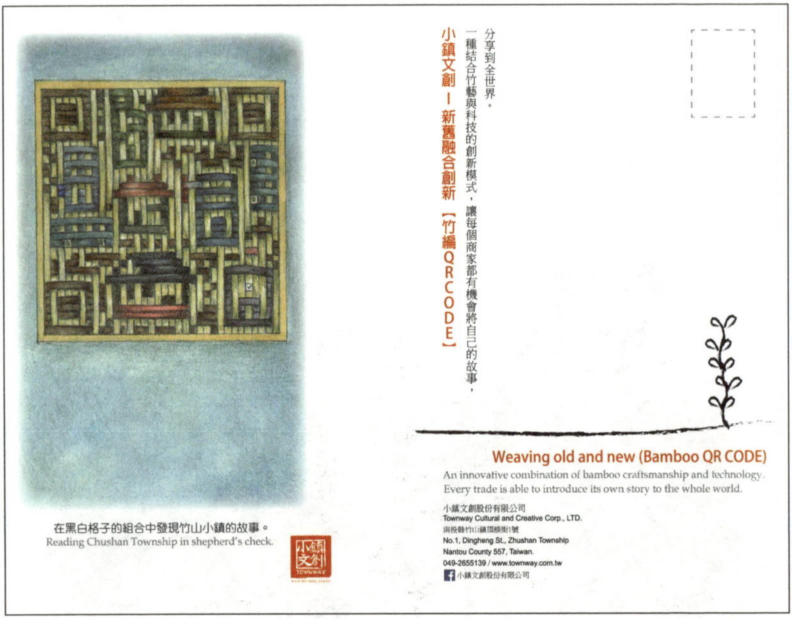
小鎮文創｜新舊融合創新【竹編QRCODE】
一種結合竹藝與科技的創新模式，讓每個商家都有機會將自己的故事，
分享到全世界。
在黑白格子的組合中發現竹山小鎮的故事。
Reading Chushan Township in shepherd's check.
Weaving old and new (Bamboo QR CODE)
An innovative combination of bamboo craftsmanship and technology.
Every trade is able to introduce its own story to the whole world.
小鎮文創股份有限公司
Townway Cultural and Creative Corp., LTD.
南投縣竹山鎮頂橫街1號
No.1, Dingheng St., Zhushan Township
Nantou County 557, Taiwan.
049-2655139 / www.townway.com.tw
小鎮文創股份有限公司

> 别花太多时间听别人鼓励，那只是离真实越来越远而已。

回到竹山，我们邀请“竹生活文化协会”与林正敏老师学习相关专业技术，并且让“小镇文创”换宿学生参与。大家决定把竹编二维码转化为商家智慧广告招牌。

台南科技大学学生进一步将智慧招牌以塑胶板为材料，保护竹编二维码，不过这个设计概念当时未能达到百分之百的竹制率，美观度也有待提升。经过不同团队的累积、尝试，最后成功大学学生利用高压热处理的特殊工艺制成抗水竹材，再以镭射雕刻在竹板上进行美学设计，第一块百分之百的竹编智慧招牌终于在竹山诞生了。

每块竹编二维码招牌，都是“竹生活文活协会”成员以纯手工刮青、剖竹、把竹篾修整至表面平整、宽度一致、厚薄均匀，历经十多道工序才能制作完成。过程中必须专注编织，八个小时才能完成一块招牌。编织技术更非一夕可成，全都是根植于“竹生活文化协会”过去练习与市场对话的累积。

当我第一次用手机扫描学员完成的竹编二维码招牌，内容跑进智慧手机那瞬间，我深深感动，这么美妙的事情，竟然会发生在竹山小镇上！

现在，竹山有数十间商店挂上竹编二维码商家智慧招牌，旅客只要透过智慧手机在招牌上扫描，就能看见店家的资讯与故事，这不但有助于店家行销，也美化了竹山的街道。

前阵子华山文创园区策展，约有二三十个策展的板子，底下都摆了竹编二维码招牌，政府单位和民间企业也都陆续下单。一块传统招牌要几万元，可是竹编智慧招牌只要几千元，既美观又经济，更带动了小镇源源不绝的商机。当传统与科技结合，不只带给竹山新的希望，也给了我们一个勇于想象的起点。

竹艺传承
影片

庙口路跑，竹山动起来

我们没有计时
也没有奖牌
大家慢慢跑
聊聊天也拍拍照
感受竹山的美丽

创立了“小镇文创”后，我不停思索怎么在台湾的三百多个乡镇里凸显出竹山改变的力量，直到遇见了返乡创业的林家宏，这个梦想才看见了曙光。

林家宏是竹山人，返乡打理父亲的“元泰竹艺社”，主要是生产打毛线用的竹棒针。由于台湾竹艺产业外移到大陆的关系，那时竹棒针的订单并不多。他认为不做则已，要做就要成为竹棒针的典范，所以向银行贷款了几百万购买机械，一直在研究更精致的工法。

他听到镇上成立了一间“小镇文创”，非常好奇为何有人会在这没落的乡镇创业，就来找我了解状况，我们聊了许多竹山未来发展的方向。我认为，政府办活动多半以美食和礼品吸引民众，可是我们没有这样的资源，且这类活动只有一次性的效能，结束后民众瞬间离开，对于地方长期发展的助益有限。最好的办法是举办常态性的活动或会议，吸收人潮的同时，也能凝聚地方的向心力。

林家宏提出建议，把活动办在乡镇人群习惯聚集的庙口，因为那里是竹山的心脏，最能汇聚人潮的能量。由于家宏是本地人，熟稔竹山的生活细节，每当我抛出一个想法，他都能中肯回馈给我本地人的角度，于是我们愈聊愈起劲，擦出许多思想的火花。

“有没有运动的习惯？”他忽然抛出一个变化球，“待会儿我们一起去跑步，不要一直坐在公司，我带你看看竹山丰富的美景路线。”

就这样，我换上球鞋和家宏一起跑步。我们一边跑，一边讨论彼此遭遇的问题。我非常惊讶，沿途居然能见到茶园、凤梨园和水稻田，我兴奋得张开双臂鬼吼鬼叫，实在是太美丽了！路边美

上午跑步是为了反省昨日，傍晚跑步是为了规划明天。

景一幕幕川流不息，竹山竹子美得像海。如果生活当下能够多看一眼、多想一点，或许，人生片刻不会只有句点。这一跑，改变了我的人生，也逐渐改变了竹山的样貌。

当我们跑到一处山丘，家宏指了一个方向，“你看那边！”

这么久以来，我头一次发现，原来竹山有这么美丽的夕阳。过去我一直待在镇上埋头苦干，感谢家宏的带领，让我看见竹山不同的面貌。

跑步的过程中，我和家宏不像先前在办公室那般拘谨，谈话内容愈来愈奔放。路跑太美妙了，看到美景的时刻，会让自己转移注意力，摆脱眼前的瓶颈，享受当下。

或许生活中，能够滋养我们内心的，是一种纯粹的安安静静，我一直没注意这段七公里路跑的终点在哪里，但我很享受中间的美景。

组团来路跑

改变竹山，何不从路跑开始？我们兴奋地讨论：“既然竹山有那么多美景，何不让大家一起来跑？”想想以后每个傍晚都有人来这里跑步，竹山就会变成一个运动乡镇，也让人觉得即使目前竹山没落了，但是居民很有活力，充满希望！

第一次邀约开团，就只有我、家宏、林吉郎老师几个人参加。后来家宏在脸书成立一个“竹马之友慢跑步”的社团，大家各自邀请几个竹山本地朋友进来跑，这一次组团路跑就约在 7-11 集合。虽然大多是网友，不过一眼就能认出那些在便利店前扭脖子、转手臂的朋友是前来集合的同伴。大家都穿了运动裤和路跑鞋，一副就是来跑步的样子。

一位阿伯走近家宏，疑惑地问：“你是不是‘××’？”

“我就是，你是‘××’吗？”

「讓每次路跑結束後，都是美好的開始。」
The finish line is the starting point of a brand-new journey.
小鎮文創
TOWNWAY
小鎮文創 I 路跑共好鄉鎮
讓路跑不只是路跑，並在當地廟口舉辦生活講堂分享體驗，
振奮鄉鎮的心靈脈搏。
Run into A Village of Gung Ho
Running is more than running. Lectures of life and dream are shared in front of local temples to inspire the jumping heart of the village.
小鎮文創股份有限公司
Townway Cultural and Creative Corp., LTD.
南投縣竹山鎮頂橫街1號
No.1, Dingheng St., Zhushan Township
Nantou County 557, Taiwan.
049-2655139 / www.townway.com.tw
小鎮文創股份有限公司

跑友多是在网上认识，现场成了用账号相认的认亲大会，彼此都以脸书账号称呼，气氛洋溢着莫名的喜感。

家宏一边跑一边导览，带领大家认识竹山的美丽风光，沿途把路上美景拍下来，上传网络和他人分享。许多人见到竹山的美景，默默从各地加入我们的行列，镇民注意到这个活动，有兴趣的人也自然而然加入。“竹马之友慢跑步”不断壮大，逐渐扩增为三四十人的跑步社团。

一开始没有固定的集合时间，团员有时间就相约跑步。后来家宏决定把路跑变成常态性活动，于是改到庙口集合，每个礼拜三、六晚上八点到十点开跑。自从时间固定之后，跑步的人就越来越多了。有一回跑到下坪里经过路边菜园，正在菜园忙碌的阿姨大声叫着说番薯叶太多了，就送给每个跑友两篮菜拿回家。大家拍照传上网后，好多人回应，没想到跑个步也能有这么多生活趣事。

经常有杂志社或者电视台团队到竹山专访，大家从下午访谈到晚上，才走出“小镇文创”门口，整条街已静默无声，他们就会拍拍我的肩膀，“才七点半呢，整条街没半个人影了，真的要好好保重啊。”虽然是一句玩笑话，却是竹山没落的真实写照。

如果那些记者重返竹山，一定会发现竹山变得很不一样。晚上八点，本来是家家户户看八点档的时间，现在街上却常有三五成群的镇民相约路跑。这真是竹山非常独特的人文景致。

爱，跑进小镇

家宏为了在竹山筹办一个大规模的对外路跑活动，曾经到彰化观摩田中马拉松的运作，也到南投另一个慢跑社团取经。他特别规划了大型路跑的路线，沿途囊括了竹山的河岸、农村、野溪和林荫等美景，路线分为十二公里的“流汗组”和四公里的“亲子组”路线。

“爱，跑进小镇”，是竹山第一次办的大型对外收费活动。

究竟会有多少人参与，大家的心里都没有底，也难以估算该准备多少经费与物资。活动需要搭建城堡气球拱门、舞台鹰架，以及准备许多补给站的物资，人力、物力和财力再再考验着我们的调度。

为了筹措费用，家宏到竹山工业区向大老板募款，我则是到镇上向小店商家寻求物资赞助。出乎意料的是，乡亲们一听到竹山要办大活动，都非常期待，本来要三十份米香却给了五十份，番薯店也赞助很多蜜番薯，其他饮料、食物等物资源源涌入，每个补给站的桌子都堆得像座小山。

望着乡亲们热情捐助的物资，我才明白，原来竹山沉寂太久了，居民内心也殷殷盼望着旅客的到来，为沉睡已久的乡镇带来新的活力。

好不容易将物资筹措齐全，接踵而来的是庞大的志工人力需求。派出所非常关注这件竹山盛事，答应当日派出警察协助。竹山国中的张老师也带领学生志工团分担工作，再加上乡亲自动自发地共襄盛举，总算解决了人力的问题。为了完备后援系统，我们也找来秀传医院做医疗站，到公所申请路权和交管。那阵子我和家宏忙得焦头烂额，一切只为了让竹山动起来。

开喜婆婆奉茶

我们没有计时也没有奖牌，大家慢慢跑就好了，

遇到补给站就停下来喝个水，休息一下，

聊聊天也拍拍照，感受我们竹山的美丽……

随着大会广播，数百位民众开跑了。一路上的蝉鸣、农村和河岸风光都令大家陶醉不已，原来竹山有这么美丽的风景。有爸爸推着婴儿车来参加，在河光山色之中，温馨的全家福拉近了家人的距离。有位香港来的朋友第一次见识到竹山路跑，各种景象都令他觉得感动。路上不认识的人会互相说 hello，然后并肩跑步。这里不存在人与人的隔阂，到处都是活力与希望。

“少年仔，辛苦了！喝杯凉水！”中途的补给站，许多戴上斗笠绑着花巾的志工阿婆端着盘子亲切奉茶。霎时，我们好像看见了台湾早期的农村生活景象，却也意外成为这次路跑最令人难忘的经验。

原来在筹备期间，家宏曾经和一位里长讨论到志工人力问题，里长感谢家宏将路线规划到偏远的中和里，这里已经很久没有外地人造访了，他拍着胸脯告诉家宏，“人不必担心，我帮你传（准备）。”这就是补给站有很多开喜婆婆奉茶的原因。

用心，打造运动小镇

此役之后，“竹马”的名号不胫而走。然而“竹马”的名称不是我的，也不是家宏的，这是凝聚了镇民的共同参与，才绽放出的绚烂花朵。活动的结果超乎预期，没想到这个火车无法抵达、公车要转车、计程车不好叫的小镇，居然来了四五百人报名。活动前一天，竹山住满了旅客，就连设备不是很齐全的民宿也客满，处处充满盎然的生机。

诚如活动之名——“爱，跑进小镇”，我感谢跑友愿意不辞辛劳远赴竹山，为当地带来难得的希望。这更让我深信，无论情况多不乐观，记得还有理想，只要还有一口气，点一盏灯，就有人来。

这次竹马之后，庙口的路跑集合人数暴增到七八十人以上。过多的人数影响到原本在庙口的土风舞社团，家宏决定把集合地点改到城隍庙。家宏培养了一群竹马志工团，每日在不同地方约跑，竹山跑步的人口因而直线上升。傍晚时分，光是站着和家宏聊天一阵子，就会冒出三四组跑步的民众从我们身边经过，整个竹山已经转变为运动小镇，路跑风气正蓬勃发展。

后来我又想，既然这么多跑友聚集，企业如果有什么活动与理念，不如趁跑友热身时来跟大伙儿沟通推广讨论。第一个想到的是溪头最有名的妖怪村。我问他们能提供什么内容跟讯息，让遇到困难要勇于承担，为正确的事情找方法，通往理想的路径就会豁然开朗。

参加者在三十分钟内知道妖怪村的想法，或是用什么方式让大家更喜欢竹山、如何跟妖怪村合作。当我们向妖怪村的总经理谈及此事，他慷慨地答应协助。妖怪村一向乐意关怀地方事务，只是苦无门道。

那天，路跑的人一如往常地在庙口集合，妖怪村的经理上台致辞。忽然，躲在庙后的妖怪们冲了出来，因为场面太逼真了，现场还有小朋友吓得大哭，大人哄笑成一团。戴着妖怪面具的工作人

员，像是贞子等妖怪跳起了妖怪舞，还有妖怪小巴串场，气氛炒得非常火热。当大家夜跑回来时，妖怪村留下了第二个礼物——妖怪包子。

夜跑人群散去后，我和家宏忙着收拾场地，旁边有个七八十岁的老奶奶走了过来，从口袋拿出一叠钞票给家宏，“我年纪这么大，看到竹山这样很高兴，这些钱没有多少，看看你们要怎么用”。

老奶奶说完就头也不回地走了，留下我和家宏愣在原地。后来，我们才知道，老奶奶家在竹山开设医院许多年，那种眼见竹山楼起楼塌，如今又重燃活力的绵长时光在心里回荡，感触之深，恐怕远非外地人所能想象。

我还未回神，家宏开口说道：“培钧，我们拿这笔钱帮‘竹马之友慢跑步’买套音响设备吧。”

在低潮时，人很容易丧失立场，这也是最能清楚认识一个人下坡时放慢脚步，上坡时加速前进。从路跑中体悟人生在顺境与逆境和平共处的应对进退。

的时候。当时家宏结婚了，也有小孩，那段日子工厂的生意并不理想。可是他很有原则，拿着三万块钱直接到台中电子街买了整组悬吊喇叭、扩大机和投影布幕，为的是路跑前做操时能播放热血音乐，带动气氛。

在家宏的苦心经营之下，短短四个月后进入暑假，路跑人数就增加到上百人，热烈的回响超乎想象。每天下午走在竹山街道上，都能看见许多人穿上运动鞋在跑步，路跑风气如火如荼展开。现在，竹山出现了一家四层楼的运动用品店，里面全是运动裤和跑鞋，没落的乡镇能有如此改变，这是居民当初根本想都不敢想的发展。

竹山，好像有变又没变，但其实在这里的每个人，都已经一起在参与这场安静的变革，只是大家知不知道而已。只要我们起心动念，思考改变，行动改变，社会也会开始不同。大家一起努力，我们都不寂寞。

萤火虫夜跑

竹山第一次的大型路跑活动吸引了很多媒体采访，网络的谈论度很高，渐渐影响到公所和政府部门，越来越多单位前来关心参与。南投县政府便询问家宏是否能再协办一场大型活动。家宏接下委托，决定举办从竹山延伸到鹿谷，一路上坡攻顶的“爱，热血星光夜跑”。

由于路线经过萤火虫栖息地，又正逢萤火虫季，生态议题相当敏感。活动文宣专业论述也不够清楚，在网上因为误解被骂得体无完肤。众网友一面倒地抨击这场路跑将冲击萤火虫栖息地，“竹马之友慢跑步”承受很大的压力，为了要中止活动或继续举办开了很多会议。

后来，我们请萤火虫保育中心和凤凰谷鸟园的专家鉴定评估，确定路跑路线不会影响生态之后，我们开始向民众宣传，风波才逐渐平息。这件事也给了我很大的启发，遇到巨大的争议时，一乡镇需要的，是人与生活之间彼此信任的关系。

定要挺身而出不能闪躲，否则伙伴会受到无辜波及，理想也会停滞不前。

前次路跑是白天开跑，旅客跑完就离开竹山，没能在当地带动更多的消费，非常可惜。这次我们改良过去的模式，活动定在晚上八点开跑，并且在网上报名的页面提供竹山的旅游指南，让旅客有兴趣在竹山停留更久时间，也使旅客挹注的能量以随机方式分配到不同店家，更均衡地回馈当地。

“爱，热血星光夜跑”开跑了。

参加路跑的成员要戴上彩色气球折成的萤火虫翅膀，头上要挂闪光触角，打扮成萤火虫的模样跑步。上百人齐跑瞬间变成人形萤火虫大队，别开生面的路跑充满了喜感。活动结束之后，扣除保险、纪念品和当地小点心等费用，我们把部分盈余捐给生态保护单位，让路跑不只是路跑，而是一件美好事情的开始。

早期台湾乡镇庙口的热闹生活场景，早已因电视发明、社会发

JUMARUNNING

展，让人逐渐疏离彼此。如今，我们运用网络与路跑作为媒介，再次凝聚大家回到庙口，过着前人的生活，这很不可思议，却也非常有趣。跑步让竹山显得特别，变得更有人情味，也让当地对未来有了更多的想象。

最初家宏的想法很简单，就是“让竹山动起来”，也没想过跟政府申请补助经费。举办活动万一亏损，就打算自己承担。很多人可能会担心：“会不会没人来？”“会不会出状况？”“会不会丢脸？”而我们最缺乏的，往往就是行动的决心。

就是爱跑

竹马慢跑发展至今，已经在竹山举办近百场的本地路跑活动，并且累计有上万人次的跑者参加，确实鼓舞了原本静默的竹山小镇。每次在庙口大家要出发夜跑时，上百名跑者齐喊：“竹马之友，对哇造（跟我跑）！”那种响彻云霄的呐喊，坚定传递着当地新形态的生活价值，期待给地方一个动的机会，我想就从竹山

> 莫忘初衷，勇气、智慧、热情、坚持等各路英雄好汉，都会瞬间归队拥抱相随。

的路跑开始吧！

乡镇的发展若一味向商业化倾斜，便会失去自己的面貌，无法和其他乡镇拉出差异。唯有坚持自己的文化，才能形塑出社会的辨识度，再把眼界从城乡拉到全世界。如果说台湾最美的风景是人，只要坚守自己本地的生活文化价值，我相信仍然可以在全球化过程中保有一席之地。

我们在竹山参与的地方发展实务经验，开始引起各地乡镇社区的关注，也启发更多人投入本地生活文化创新经营。家宏先前辅导过信义乡原住民办了一场路跑，沿途补给站设有槟榔、啤酒和维士比补充体力，让跑友眼睛为之一亮，到了终点还能品尝魄力十足的烤山猪肉。跑者交的费用活络了部落经济，跑者也在旅程中充分感受到原住民的爽朗与热情。

曾经带领竹山当地青年朋友挑战背着三太子上喜马拉雅山的“极地教师”李清言，在竹山举办“竹山马拉松暨南极超级马拉松选拔赛”，吸引了五千多人前来参加征选，超高人气再度撼动了整个竹山镇。

我们生活在台湾的乡镇中，对于地方改变的渴望，当有如在水面下，对呼吸那种强烈的向往。乡镇没落是事实，但是所有不乐观或乐观，都在一念之间，完全取决于我们如何看待眼下这一瞬。路跑只是翻转乡镇的其中一种形式，只要我们不轻易向命运妥协，对于乡镇未来的面貌，就能抱有更乐观的期待。

我保持每天路跑的习惯，有时清晨，有时黑夜。路跑让我们身心沉淀，也可以让我们欣赏竹山沿途最美丽的人生风光，并提醒自己，莫忘初衷。

翻转人生心法 4：运动

运动，可说是人生中少数“只赚不赔的良善投资”，不止有益健康，更可以培养体力应付工作的需要。但是，怎么运动才有效益?

1 **选择**：以我来说，考量到要配合工作的运动形态，跑步是非常合适的自由运动，可以单独跑，也可以一群人一起跑，比较不受时间和空间的限制，是友善而且能够立即进行的运动。

2 **持续**：如果只是把运动当作兴趣，往往很难持续。因此，唯有把运动当成尽照顾自己的义务，每天都要进行，用这样的态度才能将运动变成我们身上的一部分。

3 **善用时间**：没有时间吗？其实，只要改变时间的运用方式，抽出一点时间去尝试一件事，就能让生活变得比我们原本以为的更丰富。

4 **享受路跑**：试着放慢速度调整呼吸，不要在起点就开始计算到终点的距离和时间，而是感受身体因为运动而循环的脉动，同时欣赏接下来眼前的风景，你也能找到俯拾即是的生活感动。

5 **与自己对话**：把跑步当作是跟自己对话的最好机会，趁跑步时多给自己一些鼓励，给自己一个小小的拥抱。

运动不仅可以让身心保持最佳状态，其实也有自我疗愈的效果。心情沮丧时跑步，受到脑内啡的影响，等跑回原点时，心情往往已经好转。我们上班时把时间奉献给公司，下班后把时间留给家人，是不是也该挤出一点时间，留给自己呢?

点亮地方的光点论坛

提出问题，把问题变成将来发展的契机转变成竹山进步的动力相信吗？我们居然在竹山小镇上举办“文学论坛”！第一个来开讲的是文学作家骆以军。当他知道要在城隍庙口开讲的那一刻，他觉得太酷了，脱口惊呼：“哇塞！”

其实，那是南投文化局希望本地方举办文学论坛，邀请作家到乡镇与民众交流文学。或许是担心文学议题太沉重，很多地方单位都婉拒，担心民众参与意愿不高，最后南投文化局找上了“小镇文创”。

我心想，文学活动虽然比较严肃，但不试怎么知道不行呢？而且所邀请的文学作家各个赫赫有名，平常要听他们分享，可是得到诚品书店等地方才有机会哪！我相信竹山不是文化沙漠，或许可以借由与文学家的对话，进而影响竹山的阅读风气。于是接下了委托，给竹山一个机会。

这是竹山第一次的庙口文学讲座，说不紧张是骗人的，我和家宏战战兢兢地筹办，到处邀人。当天傍晚，原本答应要来的人，却没有出现。我盘点了一下人数，只来了三分之一。我心里开始慌了，听众寥寥无几，对作家实在太不好意思了。

眼见开讲在即，我和家宏狂打电话求人来。骆以军大哥体贴地说:“别再打了，人来多少都没关系。”我和家宏还是很紧张，就怕

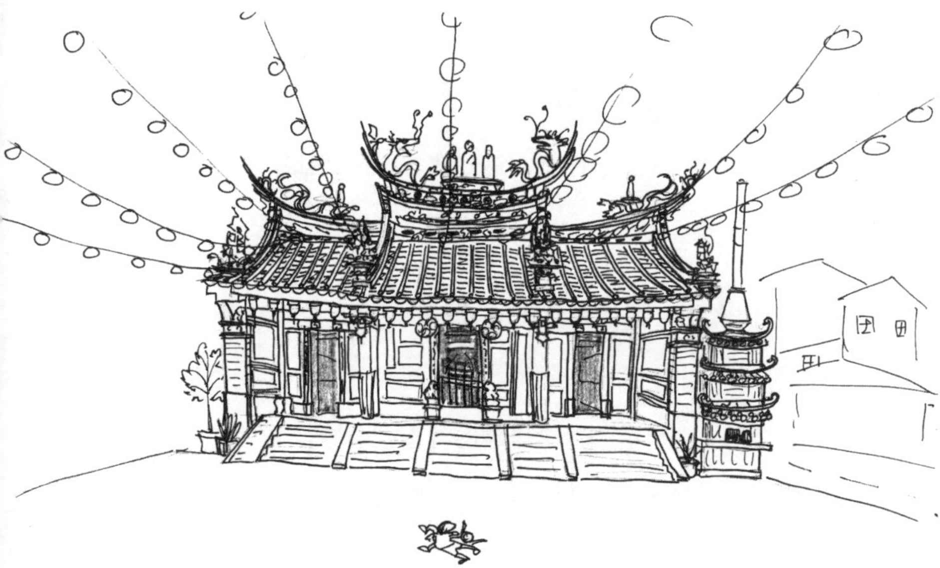

失礼。幸好开讲时，大家忽然都出现了，终于坐满三分之二，总算松了一口气。

“这辈子，我没在这么多神明面前和大家谈文学，我发誓等等要讲的，都是真的！”作家一开口，就以幽默感吸引了众人。

那天，他谈照顾流浪猫动保议题，以及如何关心动物，台下乡亲听得津津有味。即使竹山第一场文学论坛顺利落幕，我还是无法衡量这到底对竹山是否真能产生影响力。二十天后，另一位文学家张万康莅临第二场文学论坛。这一次，不需我狂叩，台下也能座无虚席。

“我们文艺界在台北或其他城市的文学讲座，通常有十个听众算正常，有二十个就要放鞭炮了，今晚台下竟然有六七十人，竹山果然是文学圣地！”张万康风趣的开头，引爆台下一连串笑声。听众在张万康一张张幻灯片的讲解下，明白了文学并不远，它其实就是世间生命的万象。

没钱也能办好事

两三年前某一天，埔里新故乡基金会邀请我去演讲。那是某个周五夜晚，在当地一家咖啡馆。我一进去就发现，周五晚上的埔里怎么能聚集那么多人，而且都是年轻人，我好惊讶。隔天是假日，这些年轻人没有外出游玩，却聚在这里。他们自然地交谈，互相闲聊自己最近在忙什么，谈论彼此最近遭遇的困难，对方也会真诚给予意见，气氛十分热络！

这景象让我印象非常深刻。当时他们向我解释，这个论坛有固定的周期，选择大家有兴趣的主题，邀请讲师来谈，提供讲师费、车马费。长期下来，逐渐累积社团人数。

这场演讲启发了我，心想何不也在竹山举办一个常态性的论坛，凝聚地方的向心力？一般邀请专家、讲师来演讲，都有经费提供演讲费、车马费，但是我没有经费，怎么办呢？我开始思考，如何办一个趋近零成本的地方型论坛，而且要长期持续下去，我可以一点一滴，一步一步，把心意转化成坚强的毅力，奉献给这块土地，找出幸福的乡镇曙光。

做到什么程度？

仰赖钱办事的坏处就是，没钱就办不了。如果没钱也能做，那还有什么难得倒我！而且这样的尝试，才有办法把理念种下来开枝展叶。

既然没有预算邀请专家，那么就让当地居民自己来互相交流吧。竹山有许多本地居民的实务经验可以分享，甚至可以把自己遭遇的问题或以往的困难，带到“论坛”上来讨论。透过大家的参与，获得更多回馈与意见，这样共同学习成长分享的方式，提问者一定有机会获得更好的解决方法。这就是“竹山地方青年光点论坛”。

我把这个论坛，定位在以当地人为主，免费参加，无讲师费，并且定期在每个月的最后一个周五晚上举办，希望住在外地的年轻人可以在这天回来，一起讨论竹山当地的问题。平常再怎么忙，一个月花三小时关心自己故乡，很值得啊！

号召众人来相挺

接下来，问题又来了，观众哪里来？你办活动，大家就有义务来“共襄盛举”吗？自己的力量有限，一定要借力使力才行。我邀请几个在竹山经营社群很成功的本地居民成为论坛的顾问。

除了“竹马之友慢跑步”家宏之外，还有跟丈夫返乡创立“三块厝牛肉面”的黄莉榛；也邀请原本是饕客食坊（Justin's Signatures）公关，后来返乡创立“如此幸福甜点工作室”的陈佩甄来分享；以及曾经是公视的制作，为了一圆电影梦，“即使竹山的戏院倒光了，我也要拍出属于竹山的电影”而决定返乡的导演叶宥豆，每场论坛都由她来做影像记录。

当然，还有林吉郎教授负责主持论坛以及做最后总结。“竹山地方青年光点论坛”的设计精神，是由当地人鼓励当地人、当地人影响当地人，使镇民愿意实践产生更多的改变。

我们常用“那是别人的事”来处理问题，
却忽略了自己也是问题中的一方。

我邀来担任论坛顾问的这几个竹山人，经营社群能力很强，对当地极有影响力，我请他们帮我宣传：“可否帮我邀请当地人来参加这场活动？”信息透过大家分享，果然号召力很强，前来参与的人很多。

在“竹山地方青年光点论坛”中，我们把当地的问题提出来，透过讨论，把问题变成将来发展的契机，转变成竹山进步的动力。有一次，一位妈妈在“临时动议”提到新住民妈妈的问题：“外配越来越多，护肤按摩店家也越来越多，甚至开到学校旁边，再这么下去，竹山会没有未来！”

“没有未来”是多么严重的指控，但“外配越来越多”，在竹山是个事实。一个地方的社会现象，如果不是在复杂的问题结构中，理智地思辨出明确的观点，现场很容易就让这样的议题产生更多误解，论坛也失去了价值与意义。于是，我问在场居民一个问题：“除了这个现象与想法之外，大家还有没有其他看法？”

这时，竹山高中的刘老师站起来提出一个新观点：“我想她们之所以到护肤按摩店上班，那是因为竹山并无法提供她们更好，以及友善的就业环境。好工作留给她们的机率不高，所以这也是我们大家所产生的社会问题。不过，如果大家愿意从另一个角度看，台湾的市场越来越小，但是印尼、越南、菲律宾等新兴国家的市场越来越大。她们的孩子在竹山长大，就成为土生土长的竹山人，将来这些懂得中文、越南文、印尼文的孩子有语言优势，长大后回到他们母亲的家乡发展创业，赚更多钱回台湾。所以我们更应该好好珍惜这些未来人才，给他们更好的教育资源与学习机会。”

如果论坛在“没有未来”结束，就只留下误会的角度。然而刘老师把议题延伸得更长远，拓展了与会者的视野，也启发了我们对未来的想象，从深沉的社会问题里，找出了努力的发展契机。

那天论坛结束后，我们开始联结文藻大学的资源，寻求越南

> 遇见问题如果不积极处理，我们就成为问题的一部分了。

语、印度语等外语人才。也是因应人口老化可能日益增加的外籍就业人口所做的人才串联准备。

我们也去竹山镇公所、户政事务所，确认竹山目前有多少新住民、有没有新住民组织。现在“小镇文创”开始建构本地新住民资料。论坛也曾邀请新住民来参加，我们问两位印尼妈妈：“你们在竹山最想买的东西是什么？”她们同时说：“伊斯兰教的头巾，因为竹山没有。”

后来，我在论坛鼓励返乡年轻人，思考这些新住民的消费需求，鼓励他们朝这方面发展。甚至可以考虑在竹山开一家产品丰富、服务周到的印尼或者越南文化杂货店，因应未来发展人数持续成长的族群。不是很有商机吗？

论坛不一定能马上解决问题，也不是即刻就能有共识，但透过实践经验与交流，却能汇集众人的智慧与想法。把问题变成机会，是论坛的最大功能。

俨然是个龙虎穴

竹山卧虎藏龙，什么样的人才都有，有时真让我大开眼界。有次我在竹山网络社群征募具备空拍经验的专家。经过联系，我和空拍专家约定见面。那天下午，一位双臂刺青、穿着拖鞋背心的彪形壮汉一脚踏进“小镇文创”。

虽然同事已经通报对方的来意，可是他的形象实在和我的想象落差太大，我一时间反应不过来，一开口就有点结巴：“你，你有空拍机？”

“有呀。”

“你在竹山的工作是？”我忍不住探问。

“我卖猪肉的啦。”壮汉大剌剌地说：“吼，你很难找呢，他们说你这个时间才有空，我们快点弄一弄，我早上卖猪肉很累，要快点回家休息！”

他是林益志，竹山本地人，空拍是他的业余兴趣。我上网看了他的空拍影片，完全是专业水准啊！

“剪接和配乐也是你自己弄的吗？”

“嘿啊。”

“你怎么会想到学这个？”我越来越好奇。

“好赚啊。”简单明了的答案充满说服力。

我发现网络上不只有他的空拍影片，还有他的厨艺、美术、园艺等作品。很难想象一个粗犷的男人能够有如此细腻的生活兴趣。林益志的才艺不仅于此，当他女儿需要一个打蛋器学做蛋糕饼干时，他把没用的空拍机马达装在莲蓬头上，做成电动打蛋器，不但握起来手感绝佳，还能调整转速。多才多艺的程度令我瞠目结舌。

由于他的经历太有趣，我后来也特别邀请他前来“竹山地方青年光点论坛”，和大家分享自学技能的经验。听众各个啧啧称奇，对于学无止境有了更深一层的感触。

我们慢慢地营造良善的生态、友善的环境。对于未来想到竹山创业的外地青年朋友，或是返乡年轻人，这里，是一个了解竹山风貌的好场所。整个小镇都是问题，但我们不怕发现问题，我经常把论坛里发现的问题，拿来和伙伴以及换宿的学生讨论，让竹山成为一个真实的体验场域。

我们是在真实的问题里做学问，这和在学校学习不同。真实的问题如何解决，也跟学校考试不一样。在真实世界实践知识的力量，才会明白所学是为了改变社会，而不只是为了考试或纸上谈兵。

空拍竹山

翻转人生心法 5：愈分享，愈有热情

很多人问我，为什么我可以持续努力十几年，还能抱有热情？怎样才能发现自己的热情呢？是不是要先找到兴趣，才能产生热情？

1 **做到有热情：**如果能找到自己喜欢做的事，自然而然产生热情，这是最理想的状态。但是，很多人可能跟我一样，并非一开始就知道自己的兴趣是什么，刚出社会，也还没找到想做的事情。这几年来，我发现，或许热情不一定来自兴趣，很多事情，不一定要有热情才努力做，而是要努力做到有热情为止！

2 **分享：**一个对自己从事的工作有热情的人，会不断地跟你分享他所做的事情，并让别人因此被感染而产生热情，而且愿意跟你一起卷起袖子来努力。热情不能只靠单向的付出，更要能够形成一种良善的循环机制，才能够持续而长

久。你愈分享，得到的回馈与认同就愈多，而回馈会助燃你的热情，延续你的热情。

3 **传递：**要让自己变成热情理念的传递者，我们需要学习和训练自己的表达能力与沟通技巧，包括运用文字、图像，以及运用网络社群与社会大众分享的方法。唯有全心全意地说给社会听，社会才有机会牢牢记住你。

4 **重新定义你的工作：**如果你还不知道如何发掘自己的热情，不妨先找份稳定的工作，并且尝试替自己重新定义这份工作，只要你多善待你的工作，你的工作就会善待你。

5 **工作的意义：**工作不只是有一份收入带回家的形式而已，工作背后应该要有更多对社会的意义与价值。只要能够让工作的定义更加明确与清晰，不论对个人或是社会的发展，一切的辛苦都非常值得。

来竹山圆梦：青创平台

如果长大了
就放手去飞吧
这是竹山的祝福
也期待未来
带更多能量回竹山

竹山有全世界最好的竹子，国际知名品牌古驰（Gucci）设计团队甚至远道而来竹山寻找技术与竹材。台湾的顶尖设计师骆毓芬，更用竹山的竹子设计出独一无二的产品，让竹山的竹子走向全世界。努力发掘竹山的美与独特的样貌，愈凸显竹山的本地化，就愈能全球化。

几年前，我透过竹编老师苏素任的介绍，认识了骆毓芬。她在科技业十年，曾任职于台湾飞利浦、华硕、明基等公司，荣获五座德国国际论坛设计 iF 大奖。不过她的坚持经常和公司的商业模式产生冲突，为了一圆文创梦，她决定创立“品研文创”。我们第一次在竹山见面，就开始讨论未来所有合作的可能性。

合作的第一步，我们都期许设计能从竹山就地取材，如果还是得从外面采购材料，作品再好，对于竹山的发展仍然没有帮助。如果作品能与本地联结，成长的果实才能转化为实质利益回馈当地。

设计师总希望以最完美的材质呈现自己的作品，但在竹山，想要的顶级材料都没有，只能就地取材。对自由自在惯了的创作灵魂而言，犹如被关进笼子里的囚鸟。我们经过多次反复讨论，骆毓芬逐渐克服每个难题，并且更能够体会艺术是为了给人幸福，创业者该有的格局与责任感要比自由创作更大。最后她落实本地经济的理念，开始在竹山找寻可以发展成系列商品的材料。

"既然竹山有全世界最好的竹子，为什么不让竹艺发扬光大？"竹山特产的竹子禁得起强风拍打，韧性极佳，弯曲幅度远远超过大陆和东南亚的竹子。骆毓芬终于锁定了发展目标，找到梦想的起点。好不容易有人愿意参与竹山发展，我打从心底感到高兴。

愈本地，愈时尚

骆毓芬的创业之路走得并不顺遂。为了筹措资金，她还曾到南台科技大学教课，用薪资补贴资金缺口。为了坚持理念，一边教书一边创业，我深感敬佩！骆毓芬为了拓展台湾以外的市场，几乎所有课余时间都在忙碌着，参与许多设计展。除此之外，她也在各通路铺货。这么一来，囤货资金压力也就越大，通路点的管理成本也就越高。

台湾市场太小，产品竞争激烈，作品设计得再美好，一旦过了展示的蜜月期，最终还是被无情地搁在角落。骆毓芬初次创业，设计师总以为大量铺货会带来更多的销售机会，却忘了管理成本也会增加。或许该改变以往一口皮箱找客户的心态。

后来她决定舍去大部分销售不佳的寄卖点，只保存几个主要通路，将主力集中在研发技术与创作上，发表不同竹材的系列商品。但若

愈本地化，就愈国际化。千万别忽略台湾社会微不足道的生活景象。

要量产，资金会是个现实问题，于是我当时也投资了骆毓芬的“品研文创”。资金不多，对她来说却是找到一位伙伴，连接了未来的一个希望，这对竹山更是一种机会。

后来，她前往海外参展，发现竹子是前往全球化发展的绝佳跳板，意外打开海外通路。在台湾，大家对竹子习以为常，看不到它的价值，可是外国人却比东方人更能欣赏竹子的细腻底蕴与脱俗气质。

骆毓芬采用本地竹子为材料，以传统竹编工艺打造出“竹夫人蓬蓬裙椅”。掀开布质椅面就变成了品茶用的小茶几，产品仅三公斤，却能支撑近百公斤的重量。欧美人士看得啧啧称奇，也被晶华酒店摆入贵宾室。

保留青竹原色的竹筷组装了可折叠的刀叉，无论切水果或涂奶油都很便利，就连不擅筷子的外国人也用得称手。现在，她设计的一系列产品在欧美上架，每年营业额五六百万，去年还获得亚洲崛起人才奖的殊荣。有时候，不一定是产品没有竞争力，而是没有为产品找到合适的市场。

“把设计放轻，把本地场域的文化放重。”这是骆毓芬的创作核心。她的成功，证明了愈本地愈时尚。本地经济不会限缩创作的自由度，反而开启了另一条创作的新途。

迈向国际

“品研文创”的海外营收成长飞快，我衷心为她感到高兴。有日骆毓芬找我开会，讨论公司未来的发展方向。“现在公司主要通路在台湾以外地区，你认为下一步，该怎么让‘品研文创’更加全球化？”当骆毓芬开口的刹那，我顿时感到自己的不足。

创造了本地经济之后，“品研文创”的下一个阶段是迈向全球化。但是我没有这方面的经验，这已经不是我能帮忙的部分了。现在的“品研文创”成长飞快，发展模式已经无法局限在竹山。她也做台南和其他地方的本地产业，以全台各地材质作为设计的方向，随着全球化的发展，本地的概念也从“竹山”转变为“台湾”。我开始思考着我和她之间存在的意义。

“你现在需要的是更多资金和全球化的经验，‘小镇文创’参与协助的有限，你应该找能够帮助你全球化的团队，我们应该为‘品研文创’找到更好的资源舞台。”我由衷盼望身旁的朋友可以以自己的理想为荣，成为鼓舞社会往善的方向前进。

放手去飞

我的外公小时家贫，年轻时在有钱人家里当长工，见到路边穷人冷得发抖，就把身上的外套送给对方，自己则把别人丢弃路边的衣服拿回家，洗干净就穿。好不容易工作存了一笔积蓄买了块地，然而隔壁邻居被倒债快活不下去，便跟外公提议换地，外公于心不忍就答应了。家里后来知道了这笔交易后非常生气，因为邻居那块地非常陡峭，不能耕种。面对亲友的责难，外公不以为意，因为邻

与其坐以待毙被危机吞噬，不如积极投入备战，增加个人的专业与能力。

居卖地换钱渡过一家子的难关，这就够了。

妈妈也遗传了外公善良的基因。我上小学时，家族亲戚负债倒闭落难到了三重。当时玉米很便宜，妈妈就从水里买了很多玉米，用火车一捆一捆地运到三重给这位亲戚做生意，让他们一家能够带着小孩到夜市摆摊，在两个桶子放上木炭卖起烤玉米。当时我们家经济不好，妈妈因此特别标了会帮助亲戚，一切为了让他们先有个栖身之地。对妈妈而言，帮助他人这件事即是付出的理由，付出不需要任何回报，只期盼别人过得好。

当初我不明白为何外公要换地，也不了解妈妈为何要帮忙，但年纪渐长，我逐渐明白真正的拥有并不是拥有，不如把自己拥有的，拿来协助他人或者投入自己认为对于社会有正面意义的事情，这才是真正的拥有。

对于每一个来到竹山创业的青年，“小镇文创”衷心期待合作与给予协助。如果长大了，那么就放手去飞吧，这是竹山的祝福，也期待未来能带回更多能量帮助竹山。

创意发财巾

除了骆毓芬外，竹山也有很多创意十足的本地产业正在发酵酝酿中。有一天，一位先生捧着亮丽金黄的金条来找我们。“何先生您好，这是发财毛巾。盒子外观看起来就像金条，里面放了一条毛巾，我还申请了包装专利……”他是金砖发财巾创作人张锦川先生，兴奋地向我解说他的创作。望着金光闪闪的盒子，我们当下还真的错以为看到了金条。

张锦川先生在竹山开了一间毛巾厂，可是传统产业越来越不景气，为了寻求转型，他想朝文创产业发展，于是以宗教为主题，设计出一款用金盒子包装的毛巾。原本他想与紫南宫合作贩售，庙方让他把毛巾堆成一座小金山给信众参观，因为太有噱头，还吸引了不少媒体采访。活动结束后庙方要他把毛巾收走，现在仓库里毛巾堆积如山，他只好四处奔走销售毛巾。

> 别小看一成不变的工作，令人惊艳的想法，往往都是在每天的工作中发想出来。

他找了镇公所，可是公所表示买不了这么多，就建议他来“小镇文创”找我。无论是规划活动带来旅客，或者举办论坛分享经验，就在我们努力振兴竹山的同时，“小镇文创”也逐渐变成了解决地方疑难杂症的中心。

“大哥，你讲文创讲得太严肃了！”当时家宏也在现场，就帮他出点子。

家宏建议，如果是为了让更多人知道发财巾，就直接把仓库的金条都堆到发财货车上，用绳子绑好上高速公路。路上的车子一发现货车上载着金条满街跑，或许很快网上就会出现“捕获野生金条”的议题图文分享。听完之后，张先生兴奋得跃跃欲试，我不晓得他后来试了没有，但是我用自己的方式与他合作，给彼此一个机会。

“小镇文创”有本地小旅行的游程，对毛巾也有需求，所以我提议一起购买原料制作毛巾，减轻他的经营压力。现在，“小镇文创”有自己的毛巾了，上面印有“让观光客成为社会学家”的字样，规格比较细长，跑步时可以挂在肩上，擦汗也不容易掉落。让旅客的付出也能支持本地产业，如果我们可以一起整合相关民间发展生态，未来在台湾创业一定更大有可为。

我从“创业”学到的几件事

1 **卷起袖子：**创业，不只是详尽的计划书，也不只是财务风险评估；最重要的是卷起袖子，这是一辈子的自我要求与承诺。

2 **别怕流言：**如果他人的流言蜚语让你纷扰，千万别创业，因为你还不清楚什么叫作专注。

3 **找对运营模式：**创业初期最重要的不只资金，而是如何在资源有限的时间内，尽快找到合适的运营发展模式；也就是说，如何让新创事业在一开始就能快速找到与市场接触的机会，或与不同行业团队合作、整合相关民间发展资源，找到更好的发展经验。

4 **做对选择：**当我们观察创业过程，有时“选择”比“热情”

重要。选择合适的方法能让热情绽放，选择不对的方式只会加速热情消失。

5 **对未来有想象：**创业者思考产业未来几年的发展趋势，做出资源的最佳分配；工作者则思考未来几年如何增加自己的相关技能与知识，协助公司发展。我们必须对未来有很多想象与画面，再透过努力学习，一步一脚印走向迷人的未来。

6 **集思广益：**创业家关注明天发生的事情，专家专注昨日发生的研究；一个是未来的开拓，一种是过去的分析。应该让两者有效交集，才能集思广益。

小镇文创2.0

当听故事的人变成
参与故事的人
旅客就成为美好故事
之中的最美诗篇

把游客变成社会学家

欢迎您来访竹山
但不要只当观光客
更可以是一位社会学家
跟我们一起关怀乡镇

台湾的深度观光旅游，数十年来发展为一种制式化内容：“行程、导览、自主手工制作、风味餐。”大家从观光立场来看，总认为“人潮就是钱潮”，因此发展指标多半绕着“人次”与“产值”打转。过于专注这两种指标发展，仍会遇见区域发展的负担与困难。

如果每个区域发展的终极目标，只为了追求有多少人、多少钱，而忽略了观光发展人潮对本地环境、文化和生活的冲击，后果将不堪设想。当观光客大量涌入乡镇之后，通常那个小镇就不再适合当地人居住了，我在竹山也有类似的深刻体认。

有一天，导览解说员一如往常带领游客参观竹山当地的人文老店，“这里是手工棉被店，以前做棉被的花布剩料会做成袖套，卖给山上的采茶人家……”导览员拿着扩音器解说，游客听得津津有味。

我听着听着不经意地抬起头，看见楼上老奶奶正探头观看。当下，我突然可以体会老奶奶的感受。每个游客都是头一次听导览介绍，但棉被店楼上的住户一周可要听好几次，且成为他们未来生活中令人困扰的一部分。

一想到这里，我内心十分愧疚。我强烈意识到，传统的观光形态很容易在不知不觉中就轻易破坏当地原貌与居民生活。再不改变发展方式，竹山可能会变成其他向商业倾斜的老街一般，本地的生活步调也会被吞噬。

> 希望有一天，台湾乡镇能够用“生活”取代“观光”，用“文化”取代“景点”，用“永续”取代“营收”。

因此，我想做的，是把台湾的乡镇从纯粹的观光转型，让来竹山的旅客不只观光旅游，而是透过旅客所参与的体验，让当地变得更美好。反复思索之后，我们一改过去的经营模式，以游客实践取代导览解说。并且设计本地学习体验，将竹山的社会问题融入行程体验中，让观光客成为社会学家，共同参与解决本地的社会问题。

举例来说，如果竹山一年有上万个旅客，我们应该思考的是如何让上万名旅客为竹山种下一棵树，数十年后为竹山打造一片森林，其中种树就是为竹山做本地永续的善事。在“小镇文创”的学习体验里，我们设计了许多不同参与情境，例如“环境美化”“协助商家”“老人照顾”等，各种与当地互动的事情，大家还可以分组做不同任务，非常有趣。

如果每位来访竹山的旅客都能为竹山做一件好事，上万个旅客一年就能为当地带来上万件好事。当听故事的人变成参与故事的人，每位旅客的到来就不再是居民的负担，而是成为当地美好故事之中的最美诗篇。

用餐时间，一位女孩拿着手机，给羊肉羹店的老板娘看她的屏幕："老板娘，你家的羊肉很好吃。我脸书发文了，叫我朋友有机会就来捧场。"

"我也打卡了。"一旁的男生也举起手机。

这间羊肉羹店的老板娘来过我在竹山办的"竹山地方青年光点论坛"，跟大家分享做羊肉羹的手艺。她也谈到很想努力把店经营下去，可是不知是竹山人口逐年减少，还是她跟不上网络时代，不管怎么努力，生意一直无法突破现况。论坛结束时，老板娘发了三十张名片给大家，拿名片到店里吃羊肉羹就有优惠。

看她这么认真经营，这么努力想在竹山生存下去，如果社会没有给这位老板娘更多机会，一旦羊肉羹店真的无法维持下去，一定是竹山的损失，我们心里一定会难过。好不容易有人回到乡镇来了，但如何让这些回乡努力的人留下来？

生活感动俯拾即是，只是缺少创新与发现。

问题变商机

台湾的每个乡镇都有成千上万个问题，竹山也不例外。我们在“竹山地方青年光点论坛”发掘了很多问题：产业外移、人口外流，并且存在着新居民就业、弱势家庭、老人照护等集台湾社会问题之总汇。

我们一方面把这些大大小小的问题带到专长换宿的年轻人面前，让他们思考、协助解决。另一方面，我们也设计很多这种从问题演绎出来的生活体验情境，让旅客也能参与本地改善，共同解决竹山的社会问题。

我经常希望青年换宿生，能透过散步的方式看看竹山小镇。整体本地建筑没有了美学，没有了文化，几乎都是乱搭铁皮、铁条裸露、油漆退色，是一个没人关心与在乎的生活环境。讽刺的是，台湾有这么多设计学院，大家都在谈设计、谈美学、谈生活，可是怎么大部分乡镇都不美？如果有人把铁皮屋设计成具备美学、

容易组装、功能性强、容易配色，让乡下的铁皮工人都可以用最简单的方式组装出最漂亮的铁皮屋，这难道不是一个非常大的商机吗！

传授经验，翻转乡镇

有一次我应文史作家王浩一老师之邀，前往台南一座知名庙宇进行人员培训。庙宇解说员经过计划培训课程历练后，都非常专业。但如何在未来转化成导览解说服务，找到自己的价值？于是王浩一老师请我来分享商业实务营运的课程。透过这些实务运营的分享，我慢慢从中体会到经验传承与知识建构的重要性。

由于台湾农业社会经济结构的变迁与体验经济时代的来临，传统农业乡镇正面临新形态的转型问题。如何引导有潜力的年轻人顺势掌握农业乡镇转型契机，发展创意、创新与创业的三创新形态农业经济生活圈，已经是一个非常专业的体系问题，而不是一个传统的产业问题。这也是一个如何让政府与民间形成资源与共及协力合作的问题，而不是可以单独面对与独自成就的个体企业问题。这些问题的解决方案，需要长期的乡镇发展经验。

台湾乡镇发展过程中，最珍贵的就是大家遗留下来的经验，不论成功或失败。可是往往社会发展太快，来不及汇整这些经验分享给其他乡镇，变成大家各自独立发展，没有好好运用前人的实务基础，加速发展多元的价值与创新的做法，这是社会无形的损失。青年创业不能只有热情，创业团队必须重新定义效率与做法，创新观念以及建构属于自己的发展生态，才有办法找到顺应新时代的营运模式。而年轻人回乡创业，更是需要前人的经验与知识来引领。

翻转的开始，大学进入乡镇

2012 年初，经友人推荐，我认识了在国立云林科技大学设计学院任教的张文山老师。对于引导年轻人找到未来发展的目标，他有自己的做法。由于来自业界，张老师对于大学教育与业界的桥接，更有一份执着。

文山老师认为，乡镇的发展就是一种实验与实践的活化过程。在这个过程中，最需要的是年轻人活力的挹注。如果年轻人愿意回到乡镇发展，那就必须先让他们在实验与实践的过程中找到问题与看到机会，让年轻人知道自己的专业可以填补乡镇的哪个缺口，满足乡镇的哪些需求，以及能为乡镇带来什么价值，甚至看到未来在乡镇谋生或创业的机会。最重要的是让年轻人认识乡镇，进而产生联结的感情。这个实验与实践的过程，正是大学教育体系走出校园，以师生团队专业参与乡镇发展的情境教学目的。

就是这样的契机，让我与文山老师的理念一拍即合，我们决定让云科大的大学体制进入乡镇，乡镇的翻转概念，从这个时间点进入了实验与实践的阶段。

当学生认识了小镇卖米麸的阿姨，当阿姨叫得出学生的名字，

你看到的不只是地圖，也是生活的全部。
It's not only a map, but life.

小鎮文創－地方公民地圖 Local Maps of Civilians

讓地圖不再只是談距離，海拔或位置，透過資訊的蒐集，
逐漸拼湊出當地的生活完整風貌。

It tells you not only the distance, altitude, and location,
but the whole style and features of local life.

小鎮文創股份有限公司
Townway Cultural and Creative Corp., LTD.
南投縣竹山鎮頂橫街1號
No.1, Dingheng St., Zhushan Township
Nantou County 557, Taiwan.
049-2655139 / www.townway.com.tw
小鎮文創股份有限公司

这时年轻人才会真正感受到什么叫对乡镇的认同。我们想要给年轻人的，就是这种乡镇的情愫。因此我与文山老师展开了一段乡镇社会创新的教学实验过程，从改变课程的学习模式做起，将设计教育与乡镇生活文化结合。

例如，以分组的学期作业为小镇店家建立行销网站，让学生认识乡镇的生活细节；以竹原材料发展文创商品，让学生探索竹山文化的底蕴；以小镇的废弃材料发展装置艺术，让学生体验小镇净化后的感受；以“竹山特摄”的摄影及微电影竞赛活动，让学生看见竹山各个地点与时间点的美；以竹山小镇有礼的活动，让学生规划出活化本地产业的方案；以台西客运公车站新妆点设计的课程作业，让大陆交换生体验竹山小镇的不同风貌；以及鼓励专长换宿，让学生体会自己的专业对小镇是无比的重要。

最后，学生熟识小镇的每一个人，小镇的每一个人也不断地吆呼学生的外号。我与文山老师此时心中是无比的感动，这是一种不引进创新的专业融合，产生符合趋势的感动服务，才不会让乡镇静默无语。

需要言语来表达，只需要会心一笑地点点头，因为我们知道，我们做对了。

但我们觉得这样还不够，因为在社会创新实验与实践活化的过程中，社区的参与程度应该可以再扩大，外地年轻人回流的机会应该要再增加。大学体制进入乡镇的同时，乡镇也需要有一个可以让学校、外地青年、小镇居民，以及其他企业单位做多方对话的平台，因此我们决定给乡镇一座“学堂”。

为了连接乡镇经验传承的断点，我们和张文山老师在小镇上创建了“竹巢学堂”。透过“学术乡镇驻点”与“乡镇翻转教室”的方式，我们带入了服务设计的方法论，借由进入乡镇场域的基础探勘研究，以亲产学的概念亲近乡镇各角落。

经过了这几年的时间，学堂逐渐汇整我们在竹山发展十年的乡镇发展实务经验，也建构了乡镇发展知识体系。因此“竹巢学堂”不仅是一个“乡镇共好”的对话平台，也已经成为一个“乡镇经验反刍”的知识平台。

竹巢学堂，翻转小镇

“竹巢学堂”不再只是一个演讲或论坛的空间，现在被赋予“传授经验”与“翻转乡镇”的转化任务。首重知识与经验的有形建构，以及将十年经验具体转化成一系列“聚落经理人”研习课程。

在我们传授乡镇经验的课程里，除了训练数字经营的营运能力之外，最重要的就是如何摆脱传统观光模式，让本地发展取之于社会资本，并且设计出将观光资源转换为本地永续发展的创新学习。

另外，我们统合了过去的经验，将如何在没有经费的情况下进行社区营造，发展出论坛、夜跑以及青年换宿等活动，转换为一个个的概念和表格，编成一系列教材。协助每位青年在返乡创业前，都能够透过我们的学习课程累积经验，有更多思维去面对未来的挑战，让民间创新的力量，打造出具有本地特色的乡镇自主性友善发展生态。

这个“聚落经理人”研习课程正在紧锣密鼓地规划中，也是我们“小镇文创 2.0”的重要发展工作，希望透过这样的“乡镇经验传承系统”，有效分享我们十年的经验。

台湾虽然不大，如果能够把我们这世代努力的价值翻转扩大，甚至影响台湾以外的地区前来取经，我认为，未来会有非常多的青年参与改变社会的契机！

“竹巢学堂”：乡镇知识的累积转型

每一只鸟都象征着住在城市中的青年，身处异乡忙碌与奔波，渐渐遗忘自己目标理想，以及那熟悉可爱的家乡。

每个青年都有自己的专长，就像身上美丽的纹路。每个人的专长都来自不同领域，我们期盼年轻人来到“竹巢学堂”，建立起一个个美丽的园地，运用自己的专长帮助乡镇。

透过在“竹巢学堂”的经验与知识分享，青年合作筑起一个完整的巢，一个本地的家，一个可以创造乡镇价值与温暖的巢。

经验与知识的传播将由体悟后的青年带领新求知者，引领他们应用自己的专业去分享、去关怀。

他们来到“竹巢学堂”学习如何当一位出色的聚落经理人，建立起一个散播乡镇知识的集散地。然后像蒲公英般回到各个乡镇，散播知识，让分享的精神持续发酵到各乡镇，让更多青年愿意回乡创业与关怀本地。

小镇知识库

想法很轻
影响却很重大
一本书
竟能翻转没落的乡镇

这些年来，有两件事影响我最深，一是运动，二是阅读；前者是投资身体，后者是投资头脑。无论生活工作如何忙碌，我尽量维持每天跑步的习惯，也依然抓紧时间，随时阅读。我一直深深相信，阅读可以带来改变，能让我累积更多想法，这是我的亲身体验。

大学时期对未来最茫然的时候，我很想知道台湾社会究竟存在哪些生活、工作以及期待？课堂上所安排的都是专业训练，局限我们对于未来的多元想象，所以我到学校图书馆寻找我心中有所期许，却没那么笃定的答案。在茫茫书海中，我在名人传记区发现了一本郭泰写“经营之神”王永庆的书——《王永庆奋斗史》，描述王永庆先生如何白手起家的生命故事。

看书当下，给了我很大的冲击与启发，原来要翻转自己的命运，必须永无止境地严格要求自己，面对所有艰困。我还看了松下幸之助的书，才知道他出身苦难家庭，一生辛苦，努力钻研开发新产品，最终造福了社会。人生就应该这样，不论出身高低、文凭好坏，只要愿意多方尝试，都有机会成功。

后来我开始翻阅各种财经企管杂志，包括《远见杂志》《天下杂志》《商业周刊》等，里面有很多创业的真实个案专访，这些个案都是台湾正在发生的真人真事，他们的努力正在改变着我们的社会，未来会有很大的影响。

这些刊物，我从大一看到大四，几乎没有错过，这些报道对我也起了很大的鼓励作用。虽然当时我还没找到属于自己未来的答案，但我相信，当机会来临时，这些准备都可以变成很好的养分。

买书换脑袋

如果我们想要透过创业改变社会，要有足够的思维才行；如果我们想要站在巨人的肩膀上看世界，透过阅读是非常有效率的做法！我经常透过阅读，吸收大量创业个案来充实思考中的资料库，累积成为我未来解决问题的知识基础。

学校传授的是纵向、日渐艰深的理论，却没给予大量横向多元人的想法很轻，影响却很重大。

不同的个案，增加我们的跨界策略思维。因此我每个月都花费数千元买书，借由吸收书里的个案，让自己在解决问题时，能够联想到更多的方法应对。

一本两三百元的书，如果我们可以把书本里面的实务观念，化为自己的亲身实践，所产生的价值一定远超过书价。想突破瓶颈、要让梦想没有极限，我们需要开另一扇窗，用另一种思维，想另一种策略，做更有影响力的事情。

当初，我看了台湾半导体教父张忠谋的自传，里面提到了开放制程的概念。那时台积电让很多小厂进来，再依他们的需求做出晶片规格，统一在生产线上运作。这个案例启发了我青年换宿的想法。

宿舍犹如生产线，学生是进驻的小厂，每个月投资七千元房租，这间宿舍一年就能产出数百个专长与创意。人的想法很轻，影响却很重大，谁也没想到，一本书竟能翻转没落的乡镇，进而改变了竹山的未来。

我总是从书里寻找解决方案，这几年创业的很多概念与想法，也是从阅读中得到灵感。我曾看过一本日文翻译书，描述一家寿司小店的营销手法，一看就觉得，“这个想法我们团队应该可以做到！”于是就把知识变成我的改变。我们对旅客说：“服务并非从住宿当天才开始，而是出发前到回家后的整体完善流程。”那本书带来的启发，让我知道原来服务可以跟其他人不一样，没有极限，也没有终点。

小镇书店

现代人阅读时间越来越少，对于书的价值的认知也逐渐模糊。我们常把书本文字和网络资讯混为一谈，但是，书其实是特别深入、专注以及精辟的。我们对书的认知，似乎只在于里面的文字、内容和书的价格，然而我内心真正思考的是：什么是一本书的影响力？一本书的影响力究竟可以发展到什么程度？是否有人可以真正去实践一本书所隐藏的爆发力量？

如果我们把书里的概念应用实践并产生了改变，我们是否就可以重新相信书本、相信阅读？这是一种信念。所以我一直在思考：怎样才能把书的影响力及其中的道理，透过人，实践在真实的生活里？

我想要透过“藏书”这个概念，让大家对于阅读书本之后实际产生的影响，在竹山完整地诠释出来。我们最近开始在“竹巢学

堂”辟一个藏书空间，选入一百种各领域专业书籍，范畴包括：农业、网络、生态、文创、设计、养生等，是各种实务发展经验方法与知识的汇集。我希望让乡镇的创业者，或心中有疑惑的人，到这个书店来寻找可以借鉴的方法。

在乡镇奋斗作战的人，虽然怀抱着梦想，但有时候很孤单。在阅读的过程中，看到很多人跟你一样，你就不寂寞。近两年，我在竹山发现许多在第一线全力以赴的青年创业家，以及返乡从事各行各业的居民，他们都面临了许多错综复杂的问题与考验，包括我们自己团队，随时都有各种问题在严峻地考验着你。

方法比热情更重要

这让我极想在镇上开辟“基础实务知识库”，我们鼓励第一线“作战人员”，一定要打开自己的局限，强迫自己花时间在书里找到更好的解决方案，将别人珍贵的实务经验，转化成自己的作战策略。让书籍本身的知识得以被实践，这价值远超过书本的价格。

> 想要成长，除了静下心来阅读与省思之外，没有其他更好的方法。

如果我们可以把每本书的知识，转化成未来竹山实践的力量果实，百种乡镇发展经典，就是我们打造未来发展中重要企图的一环！未来我们还计划在竹山举办“书本的影响力发表会”，也是这个小镇重新再起的生命力！我坚信，书店会让整个竹山的生态变得更好、更丰富。

有时候，方法比热情重要。创业过程中，我一直认为创业家除了敢于实践热情外，个人阅读吸收新知的习惯也非常重要！从大学以来我就相信，阅读是让自己更有远见思想的最佳投资。过去，我用书籍投资自己，未来，我们用书本投资台湾的乡镇。

翻转人生心法 6：阅读

阅读，也是人生中少数“只赚不赔的良善投资”。我们可能没办法到很多地方去见识、观察，但透过书籍和网络的阅读，有助于建构思考的基础，对未来发展策略可以产生更多的想象。但是，怎么阅读才有效率?

1 **善用零碎时间：**不一定要拨出固定时间来阅读，不妨善用零碎时间，利用等待、吃饭或搭车的空档。我的背包里一定会放当期的杂志，利用通勤时间阅读完毕。我车子的前座和后座也摆了不少书，家中房间、厕所、浴室也都有书，随时随地都可以阅读。

2 **找重点：**阅读完毕后，花点时间整理归纳，用很精简的几句话，替文章或书下结论，把文中的好概念和观点留下来，让每一次阅读都有实质收获。

3 **寻找典范：** 我喜欢有目的性的阅读。年轻时看传记是为了寻找典范，寻找值得学习模仿的对象；现在看传记，则是一种情境的练习，我常模拟自己是主角，如果遇到相同的状况，是否会有其他的决策思考或不同的选择？

4 **数字阅读：** 当透过一本书认识了一位企业家，我会上 YouTube 用关键字搜寻，看这位企业家的网络演讲以及在不同场合的影像报道，让我能够更多元地了解和学习。跟别人见面前，我也会先做好功课，透过网络先了解对方的观念和想法，见面时自然会给对方留下深刻的印象。

5 **横向阅读：** 多让自己培养横向阅读的习惯，可以打破专业领域对人生无限可能的限制。

阅读可以累积很多个案和策略在脑海里，需要的时候就会跳出来帮你；阅读也可以让你超越现有的限制，看到改变的可能性。

小镇梦想制造机

这里的空气清新
翠绿的竹林似海
幽静宜于人居
欢迎一起来打拼

乡镇很遥远，网络无国界。当竹山的概念不再是位处偏乡的小镇，而是以网络聚落的姿态存在，就能跳脱地域的限制，转型为持续成长的网络城镇。

近年，竹山的“户籍人口”从八万人减少到五万人，但是透过网络的重新定义，把“竹山人”的概念从户籍延伸为关心这块土地的人。随着在网路上关心竹山的人越来越多，竹山的“网络人口”也会不停成长，甚至有可能从五万人扩张到五十万！这就是我们对于网路未来创新想象的开始。

“我跟这个地方有感情了，竹山是我第二个家。”TED × Taipei策展人许毓仁传来一则简讯，当下我内心感受非常温暖，竹山又多了一位居民。自从来过竹山一趟，他就认同了这个充满热情的小镇，给予“小镇文创”许多协助。

事实上，竹山的发展并非全部来自本地人，而是取之于社会资本与外地人的热情参与。他们甚至比本地人还要执着辛苦，即使离开当地，也持续透过网络默默关心着竹山。

我们一直相信，有一种信念，能够聚集一群人，造就一个势，最后萌动这座山城。想要实现梦想，最好的方式就是传递你的热情，让更多人加入这个梦想的行列。

传递热情，梦想起飞

叶宥豆原本是电视台的影像制作，为了用影像记录自己的故乡，让更多人认识竹山，她毅然放弃了台北的生活圈，决定返乡拍出属于竹山的电影。

“你回竹山拍片，有市场吗？”许多台北的同事不认同她的想法。

“嗯，等我回去再想吧！”

路途是人走出来的，风景也是人欣赏出来的，她没有屈服于困境，即使竹山镇上的戏院因为“9·21”地震全倒光了，她仍一心一意想回乡挑战梦想。由于乡镇人口外流，加上戏院都倒光了，叶宥豆计划开拍一部属于竹山的动人影片，未来可以在庙口搭起布幕，像古早时的蚊子电影院一样，让每个乡镇居民都能看见竹山的故事，让大家明白只要挽起袖子奋斗，沉眠的乡镇就有复苏的希望。

竹山小镇上还有好多人，好多家庭，好多商家，好多社区都还在认真地建造自己的梦想。这些感人梦想，有没有可能让“小镇文创”建构一个平台与社会交流？

于是“小镇文创”在一位返乡青年黄俊毓自告奋勇的协助之下，发挥他系统工程师的专长，于2015年开发完成了“小镇未来行动平台”，把本地向善翻转的梦想计划，透过适合乡镇发展的平台审查流程。提案者不必交复杂烦冗的企划书，我们审查其计划初衷，并且由提案者邀请本地三位支持他们梦想的朋友，到“小镇文创”分享支持提案计划的理由。

另外，提案者要挑选一本书籍中的观点论述，转化成创业计划中被实践的价值。透过本地人彼此认同以及运用知识，让乡镇产生力量。在这样的发展环境下，我们努力建构竹山的学习氛围。

未来我们开始邀请企业团队，透过平台购票，就能够参与竹山本地各种热情梦想计划体验展出。我想，这样小而美的梦想，更能让人产生共鸣。期许未来透过“小镇未来行动平台”到更多乡镇能发掘本地梦想，让梦照亮自己的故乡，为本地建构更友善的发展生态。

小镇未来行动平台官网

我们正在筹备把叶宥豆的“跟着导演拍部戏”、林家宏的“国际竹蜻蜓大赛”等梦想计划放上网络平台，让外地企业团队，或者在外打拼的竹山游子，以及所有关心竹山的人，都能借着这个平台行动支持这些竹山的梦想计划。

每个提案都是一个梦想，只要梦想一个个实现，就能让小镇感受到即使未来如此艰困，还是有这么多的梦想被实现。愈是不乐观的环境，我们愈要勇敢前行，让层层叠叠的梦想堆砌出一个充满希望的竹山。

看见竹山

青年返乡创业的时候，最常遇到的问题是找不到不同专业的合作伙伴。同样地，本地人即使有心，也找不到完整资讯。我认为问题出在缺乏一个完整的本地资料汇整，以至于创业者和人才明明处于同一个镇上，却像是眼睛蒙上一层黑布，看不见彼此的存在。

随时提醒自己，最后那一步还没到，不要松懈步伐，休息一下，赶快准备上路！

乡镇要对外招商，首先要有一个完善的创业环境。但现实情况却是，创业家连要找到一位专业网页美编的资讯都有困难。地方政府没有整理，问邻居也不知道，有时得花上一两个月才能找到合适的对象。所以，我们决定建立竹山本地资料库，汇整镇上各种类别的工厂、商家、专业人才等相关资讯，为竹山塑造一个更友善的创业环境。

在搜集资讯的过程中，我们发现竹山居然有工程师、企业公关、产品设计、网络设计、园艺造景，以及许多各行各业的人才！过去由于资讯不完整，使得他们无法被创业者看见，而厂家也因为无法与创业者合作，错失了许多合作机会。现在，我们在“小镇本地资讯平台”汇整资讯，让合作的机会更有效率。我们真正要努力的，并不是要求大家收入均等，而是发展机会的均等，我们至少要努力让每个人都有相同的发展机会。

小镇本地资讯平台官网

透过网络力量，竹山小镇努力向外界诉说它正在蜕变发展的一切。这里空气清新，翠绿的竹林似海，幽静宜于人居。我们有最热情的伙伴营造社区，聚集许多艺术家形塑人文气息，还有路上相约路跑的亲切居民，以及最友善的创业聚落，欢迎来竹山与我们一起打拼！

一路走来

“天空的院子”运营满十年了，当我们仰头欣赏院子里九芎姿态丰盛，地面下的树根，其实扎得很深。我们愿意花一生的时间，

努力做一件可以流传很久的事情。

2005年的1月28日，是“天空的院子”房客初次入住的日子，记得当时我一人担任管家，怀抱着不安的心情服务房客到深夜，一晃眼，原来，十年的回忆，是一种恍然大悟的感受。

或许，在事隔多年之后，我仍会回想起在二十六岁那年，曾经为了追求自己选择的人生，而踏上院子最初的那个脚步。脚步一步一步、一天一天，渐渐地，走出了自我，感触了无常，永存了感恩。“天空的院子”是我的第一个梦想，但是，当你知道追逐梦影的百炼艰辛与圆梦后的甘甜美味，我想，你也会爱上有梦的感觉。

青年创业圆梦网

政府多个部门都有协助青年创业的资源，可是缺乏统一窗口，以至于许多青年不知道该循哪条管道请求援助。政府资源乏人问津，便民美意也形同虚设。

我成为“行政当局”“青年顾问团”成员将近一年，大家一起历经多场会议协商，在共同努力下终于取得共识，并且整合当局所有的青创资源，汇整于“青年创业圆梦网”。

目前，我们正积极推动“青年创业圆梦网”与地方有关部门联结，希望通过网络资讯同步更新，让政策与资源的转换更有效率，为青年朋友创造更友善均等的发展机会。

青年创业及圆梦网

后　记

相遇——湖南常德桃花源

2015年9月底，一次偶然的机会，我的大陆好友冶青，曾经到访竹山小镇文创进行专长换宿，她希望能够交流我们在台湾社区营造与社会企业的发展经验。我感觉她是一位具有自己想法并对社会有爱的朋友，言谈之中，总是可以被她心中那片最美好的土地和企盼参与海峡两岸民间文化交流的情愫所感动。之后，她回大陆了，并于2016年1月与两位合伙人正式开启创业旅途，带着从竹山小镇文创学习到的“友善社区营造者”与“构建本地美好生活产业”的目标梦想，针对各地景区进行相关专业咨询。

恰巧在创业初期，冶青与伙伴受邀来到了湖南常德桃花源风景区，与常德文化旅游投资集团有限公司展开合作，从景区文化包装工程入手，继而持续介入了景区的顶层设计、顾问咨询与具体落地项目相关工作。冶青团队初到景区进行场勘的时候，景区内部已经进行了相当大规模的开发建设。然而，对于“桃花源”本身的品牌高度，不能只是停留在国家5A级旅游区规划，更应该具备全球华人对于“桃花源”理想社会的共同价值想象。尤其在大陆，类同桃花源这种大景区大开发的大手笔四处可见，其中普遍反映出“过度

聚焦硬件建设，忽略软件价值”的问题，已经成为景区进一步发展的严重障碍。

于是，如何导入大景区大启发教育倡议，建立景区与社区和谐共生的关系，为桃花源注入“美好、友善、温暖、幸福、和谐、共生”的理想社会价值观？我们经常在微信中交换意见。最后，冶青希望我能够到访桃花源，亲自了解目前发展现况。因为，这个景区属于本地的老旧景区，地方政府决心重新规划建设，当时对我来说，一开始听说是由政府主导的规模景区开发项目，并没有很大的热诚，后来冶青跟我说了一句话：“是否能够给中国大陆的民间力量，一点时间，一个机会，一个期待？”

一个来自外地的女生，在一个国家级大型风景名胜区，努力将一个社会美好价值观融入。冶青似乎有用不完的热情，耗不尽的体力，几乎每一天从早到晚，她不断与大家沟通交流，到处奔波，无怨无悔地付出。这件事情对她而言，应该早已经不是一份工作的衡量，而是在她的年代，对于这个社会心中常存的价值信念表达。我们能够强烈感受到她满心期许能够在“桃花源”的土地上，种下一个未来向善的种子，并且持续地开出花，结出果，创造唤醒你我内心感动的风景。在冶青身上，我仿佛看见了十年前的自己，义无反顾奋不顾身地去守护着自己相信的社会价值。我在台湾努力了十年，终于，在大陆遇见了冶青，令人敬佩。

因此，我们开始了解桃花源的故事，从开始的排斥，到关心景区的发展。终于，冶青说服了常德文化旅游投资集团有限公司，2016 年 8 月，刘祉言总经理与曾庆敏副总经理，还有由深圳锦绣中华派驻桃花源景区，参与景区管理的梁伟总经理等一行八人亲自到访竹山小镇。我记得大家初次到访“天空的院子”民宿那晚，每个人仿佛回到自己天真的儿时，找到了自己心中那片最纯净的理想，与坚定无畏的勇气。我想，一定有很多前世今生的缘分，注定我们彼此在百年古厝里美好相遇。祉言总经理隔天对我说，我们昨晚坐在“天空的院子”里，就像坐在嘉兴南湖的小船上，有着为一种理想主义结盟的激动。几个人即兴喊出“一次邂逅，一生结缘，让我们携手打造我们共同的世外桃源”的口号，并为此兴奋不已，由此的高声喧哗还引来院子其他客人的投诉。我想，从那时起，这些声音至今一定还回荡在竹山的大鞍山谷里。

在那一次行程里，大家造访了几家台中社会企业，参与了小镇文创生活体验，发现了属于竹山本地的美好生活哲学，更是激起对于桃花源未来轮廓空间的想象。同年 9 月底，我和竹山工艺家陈高明老师终于受邀第一次造访桃花源，带着对于桃花源的无限想象回到台湾。10 月底，常德文旅投的刘腾波董事长又亲自带队到成都创意设计周学习，并与在那里参加演讲的我交流相会。12 月初，我带着竹山光点聚落营造的核心团队，第二次来到桃花源，参加有地方政府和来自海峡两岸社区营造领域专家参与的“光点小聚”，不可思议地将竹山经验第一次落地桃花源。

通过几个月来频繁的交流与沟通，大家为景区进一步明确了发展思路。桃花源风景区也因此产生了关键性的改变，常德文旅投决定取消原定五柳湖岸的精华酒店规划，完整地保留整个社区，

投入社区营造的本地美好生活产业，孵化桃花源的核心社会价值，并以此连接并修复本地社群关系，这也成为桃花源封闭管理景区里面唯一的小社区。当时，看见冶青发给我的微信讯息，身在台湾的我心想，这一定是上天对桃花源风景区最美好的馈赠，几乎台湾所有的朋友们听闻此事，都为湖南常德桃花源景区献上深深的祝福。

因此，在台湾竹山小镇上累积了十一年的竹山光点聚落社区营造与地方创生经验，即将落地于湖南常德桃花源风景区。我带了台湾水牛建筑事务所的陈永兴建筑师，品研文创设计的骆毓芬总监，云林科技大学张文山老师，竹山文史工作者陈高明老师，竹山苏素任老师，共同开始进行顶层设计规划，期许能够在 2017 年，带给大陆社会民间更多正面友善的价值，更多动人的故事。很荣幸，我的人生，能够与湖南常德桃花源结缘，持续写着未来期待的美好故事。

竹青庭人文空间，竹山台西老客运站空间活化计划，品味竹编的艺文空间、品尝本地的原味美食。

图片来源——

封面摄影 / 王文彬

小镇文创
引文页，1，10，15，16，20—21，30，41，45，48，51，53，61，65，88，89，90，99，108—109，129，137，149，152，157，160，168，181，197，208—209，212，220，233，241，248，256

吴敏菊
124

林家宏
165，173

《远见》杂志赖永祥
5，37，58，68—69，73，77，81，104，121，145，151，160，201，216，225，245

图书在版编目（CIP）数据

有种生活风格，叫小镇 / 何培钧著. —南京：译林出版社，2017.5

ISBN 978-7-5447-6901-3

Ⅰ. ①有… Ⅱ. ①何… Ⅲ. ①纪实文学—中国—当代
Ⅳ. ①I25

中国版本图书馆CIP数据核字（2017）第057164号

本书由台湾远见天下文化出版股份有限公司正式授权

著作权合同登记号　图字：10-2016-326号

有种生活风格，叫小镇　何培钧 / 著

责任编辑　陈　叶
特约编辑　张　诚
装帧设计　胡　苨
责任印制　单　莉

出版发行　凤凰出版传媒股份有限公司
　　　　　译林出版社
电子邮箱　yilin@yilin.com
网　　址　http://www.yilin.com
经　　销　凤凰出版传媒股份有限公司
排　　版　南京展望文化发展有限公司
印　　刷　南京爱德印刷有限公司
开　　本　880毫米×1230毫米　1/32
印　　张　8.75
插　　页　2
版　　次　2017年5月第1版　2017年5月第1次印刷
书　　号　ISBN 978-7-5447-6901-3
定　　价　49.00元

译林版图书若有印装错误可向出版社调换。
服务热线：025-86633278　服务传真：025-83658316